연아의 봄

연아의 봄

지은이 이인애
펴낸이 임상진
펴낸곳 (주)넥서스

초판 1쇄 발행 2023년 11월 25일
초판 2쇄 발행 2023년 11월 30일

출판신고 1992년 4월 3일 제311-2002-2호
주소 10880 경기도 파주시 지목로 5
전화 (02)330-5500 팩스 (02)330-5555

ISBN 979-11-6683-680-0   03810

www.nexusbook.com
&(앤드)는 (주)넥서스의 문학 브랜드입니다.

연아의 봄

이인애 장편소설

&

차
례

연아 씨,
너무 이기적인 거
아니에요?

돈이 없었다. 그래서 아이들을 빼앗겼다.

양육권 소송을 하면서도 이길 수 있다는 확신은 없었다. 다만 아이들이 아직 어렸고, 학교에서도 엄마와 함께 살고 싶다고 노래를 불렀다기에 일말의 희망을 가져 보았다. 그럼에도 이혼의 귀책사유는 그녀에게 있었다. 그에 더해 그녀에겐 경제력도 없었다. 어쩌면 처음부터 승소는 사치였다. 집이라도 공동 명의였으면 끝까지 싸워 보려 했지만 남자는 집, 여자는 혼수라는 구시대적 질서에 편승해 결혼했던 과거가 발목을 붙들었다. 결정적 한 방은 시모였다. 큰아이가 갓난아기일 때 기저귀를 갈아 주었던 시모는 아들이 이혼하면 자신이 손주들을 양육하겠다며 판사 앞에서 앓는 소리를 냈다. 시골에서

7

농사를 짓는 아빠를 불러올 방법도, 이미 하늘나라로 떠나 버린 엄마를 살려 낼 재간도 없는 그녀였다.

처음부터 결과를 예상하고 시작한 싸움이었기에 상처는 덜했다. 단지 쉽게 포기할 수 없었던 건, 먼 훗날 아이들이 엄마를 미워할 여지를 줄여 놓고 싶어서였다. 그건 아이들을 두고 떠나야 하는 생물학적 부모의 마지막 미련이었다.

면접교섭권을 통해 2주에 한 번씩 아이들을 만나기로 했다. 결과가 어떻게 나오든 그 약속만은 꼭 지키자고 남편, 아니 이제는 전남편과 손가락에 상처를 내고 혈장을 찍었다.

그리고 아이들을 만나기로 했던 첫 면접교섭일 전날, 그녀는 약속을 취소했다. 너무 보고 싶었지만, 아이들 생각에 일주일을 매일 울었지만, 도돌이표처럼 돈이 없었다. 밥만 한 끼 사 먹이고 들여보내려 해도 그녀의 수중엔 단돈 5만 원조차 없었다. 중고거래 사이트에 겨울 코트를 팔아 볼까 하다 휴대폰을 내려놓고 끅끅대며 울었다. 어렵게 잡힌 면접이 다음 주였다. 조금만 더, 아주 조금만 더 참아 보기로 했다.

면접을 보기로 한 회사는 정직원만 100명이 넘는다는 중소건설사였다. 날이 추워지는데 건설회사에서 왜 사람을 뽑는지 궁금했지만 궁금해하지 않기로 했다. 이력서를 보낸 회사 30여 곳 중 유일하게 연락을 준 곳이었다. 뽑아만 준다면 온 힘을 다해 충성을 바칠 각오가 되어 있었다. 이혼뿐만이 아니라 둘째 출산 후 처음 뛰어드는 노동시장이었다.

면접을 보러 온 사람은 그녀를 포함해 세 명이었다. 면접 방식은 사내 카페에서 대기하다 이름이 불리면 복도 끝에 있는 이사장실로 들어가는 식이었다. 누군가 따뜻한 아메리카노 한 잔을 마시겠느냐고 물었지만 괜찮다며 거절했다. 그녀의 순서는 첫 번째였다.

잠시 뒤 이름이 불렸다. 가슴이 뛰었다. 민서, 민준이 엄마가 아닌, 박선애 씨였다.

"여기 자리에 앉으시고. 박선애 씨 맞죠?"

"네, 안녕하세요."

"일 그만둔 지 꽤 오래되셨네. 그럼 그동안은 출산, 육아했어요?"

"그렇습니다."

"우리 회사에서 무슨 업무를 하는지는 알고 오셨지?"

"회계 업무를……."

"맞는데, 그게 조금 달라요. 회계직이 맞기는 하지만 그건 시즌 때, 회계 법인에서 감사 나올 때만 회계 팀 도우면 되는 거고. 선애 씨는 원청이랑 하청업체 사이에서 숫자 맞추는 일 할 거예요. 경력이지만 사실상 신입인 만큼 주로 하청업체 경리들하고 컨택할 거고. 괜찮죠?"

괜찮지 않을 이유가 하나도 없었다. 그녀는 간절한 표정으로 고개를 끄덕였다. 인사 담당자는 말을 이었다.

"그런데 집에 애들 있어서 괜찮겠어요? 나중에 일 익숙해지고 연차 올라가면 가끔 야근도 해야 할지 모르는데."

"아이들은 시어머니께서 봐 주세요."

온전히 거짓말은 아니었다. 담당자는 고개를 끄덕였다.

"연봉은 포괄임금제고. 때마다 성과급이다, 떡값이다 해서 뭐가 계속 나올 거예요. 섭섭하지 않게 잘 챙겨 주니까 돈 문제는 걱정 안 해도 돼요. 1년차 때는 뭐 야근이 있지도 않겠지만. 아, 그리고 우린 지금까지 월급 밀린 적이 한 번도 없는 회사예요."

당연한 말에 왜 생색을 내는지 알 수 없었다.

"뽑아만 주시면 정말 열심히 일하겠습니다."

"역시. 이래서 우리가 아줌마들을 좋아해. 요즘 어린 친구들은 워라밸이다, 조용한 사직이다 해 가면서 정작 자기들이

해야 할 일은 제대로 안 하거든요. 애들 학원비 벌어 가야 하는 엄마들이 와따야, 와따."

꼰대였다. 사회에서 마주치면 네 자식이나 그런 식으로 일을 시키라고 손가락질하려 했던 올드 스쿨이었다. 하지만 그는 인사권자였고, 결정권자였으며, 돈 나올 구멍 위에 떡하니 앉아 있는 회사의 고위층이었다. 선애는 두 눈을 끔뻑이며 고개를 끄덕였다. 간절해 보이는 표정도 잊지 않았다.

사실 사고방식이 구식이어서 그렇지 자세히 보면 말투나 관상이 아주 나쁜 사람은 아니었다. 오래전 일이지만 이보다 더한 사고방식을 가진 사람들과 일한 적도 적지 않았다. 짧은 시간 동안 몇 번이나 고개를 더 주억거린 선애는 면접장을 나오면서 허리를 깊게 숙였다. 면접을 볼 기회를 주셔서 감사드린다는 말은 두 번이나 반복했다. 그래도 생신입이 아닌 경력직이었다. 좋은 게 좋은 거라는 어른들의 세상에 정수리까지 담글 각오가 되어 있는, 그녀는 중년이었다.

이틀 뒤, 합격 문자가 도착했다. 선애는 무릎에 얼굴을 묻고 울음을 터뜨렸다. 이혼 후 주소를 옮긴 집은 보증금과 월세 비용이 같은 산동네 원룸이었다. 언젠가 이곳을 벗어나고야 말겠다는 의지가 꿈틀거렸다. 아니, 그보다 아이들을 만나 따뜻한 밥 한 끼 사 줄 수 있겠다는 희망이 생겼다. 산 채로 묻힌 생지옥이었다. 숨구멍 하나가 툭 트인 기분이었다.

회사에 도착한 선애는 전무의 안내를 받아 사무실로 들어섰다. 지난 면접 때 만났던 면접관은 무려 높디높으신 전무님이었다.

사무실 중앙으로 저벅저벅 걸어간 전무가 직원들의 이목을 집중시켰다.

"자, 잠시 주목! 이번에 회계 팀에 새로 입사하게 된 박선애 씨라고 합니다. 선애 씨, 함께 일하게 될 식구들한테 인사하세요."

"안녕하세요. 박선애라고 합니다. 잘 부탁드립니다."

사무실 직원들이 박수를 치며 그녀를 환영했다. 건설회사에 대한 편견으로 거친 남성들이 가득할 거라 생각했지만 말 그대로 편견이었다. 서글서글한 인상의 중년 직원들과 아직 앳된 티를 벗지 못한 20대 청년들이 여기저기서 눈인사를 걸어왔다. 여자 직원들도 생각했던 것보다는 많았다. 잠시 뒤, 짧은 박수가 멈추고 업무가 재개되었다. 곧 타자 치는 소리가 사무실을 가득 채웠다. 여기저기서 전화벨이 울리는 모습이 생경

했다. 생각해 보면 전업주부가 된 지도 만으로만 8년이었다.

전무가 선애를 가까이 불렀다.

"사실 이번 회기까지는 선애 씨가 할 수 있는 일이 없어요. 우리는 규모가 있는 회사라 회계장부를 제대로 처리하거든. 추가 채용 인력인 만큼 인수인계할 것도 없고, 이렇게 길게 쉬다 온 사람이 곧바로 업무를 할 수 있는 것도 아니고. 하청업체 관리하는 방법은 김 대리 외근에서 돌아오면 배워 봅시다. 그 전에 우리 박선애 씨가 할 일이 있어요. 따라와 봐요."

사무실 밖으로 향한 전무의 발걸음이 엘리베이터와 화장실 맞은편에 위치한 사내 카페 앞에서 멈추었다. 낯이 익었다. 며칠 전 다른 지원자들과 함께 면접을 기다리며 앉아 있던 장소였다. 전무의 시선이 카페의 가장 구석진 곳, 카운터를 향했다.

선애의 시선이 전무의 고개를 따라갔다. 투명한 유리문 너머엔 여섯 개의 테이블이 놓여 있었다. 기둥 옆 가장 안쪽 테이블 뒤쪽으로는 포스기가 놓인 카운터가 위치했는데, 그보다 더 뒤쪽에는 갈색 파마머리에 붉은 머리띠를 한 여자가 서 있었다. 어딘지 모르게 심기가 불편해 보이는 사람이었다. 찰나였지만 그녀는 선애와 눈이 마주치자 고개를 휙 돌려 버렸다. 눈인사를 하려던 선애가 민망한 미소를 지어 보였다.

그런데 기분이 나쁘기에 앞서 어딘가 조금 이상했다. 보통의 사람과는 분명 다른 느낌이었다.

선애의 표정을 본 전무가 고개를 끄덕였다.

"월 100명 이상 상시근로자를 고용하는 회사에서는 직원의 약 3퍼센트를 장애인으로 채용해야 해요. 그게 아니면 벌금 성격의 고용 장려금을 내야 하고요. 사실 고용 장려금을 내는 게 제일 속이 편한데, 우리 대표이사님 마인드가 그게 아니라서. 장애인도 고용할 수 있으면 채용해서 함께 살아 보자는 게 우리 회사의 모토입니다."

"아, 네."

"그리고 저기 앉아 있는 직원은 다운증후군이 있는⋯⋯."

순간 전화벨이 울렸다. 설명을 이어 가려던 전무는 발신자를 확인하고선 두 손으로 휴대폰을 들고 몸을 틀었다. 한참 동안 "네, 네."를 반복하던 그가 선애의 어깨를 툭툭 두드렸다. 카페 안쪽으로 들어가 보라는 손짓이었다.

"여하튼 저 사람이 오늘부터 선애 씨 담당이에요. 들어가서 인사도 좀 하고. 네, 사장님."

순식간에 전무의 목소리가 희미해졌다. 선애는 당황한 표정을 숨기지 못했다. 설명은커녕 인수인계도 받지 못했는데 처음 보는 장애인을 담당해야 하다니, 부당한 업무 지시였다. 그녀는 이 회사에 사회복지사로 취업을 한 게 아니었다.

선애는 다시 투명한 벽 너머 사내 카페로 시선을 돌렸다. 다운증후군이 있다는, 어찌 되었든 그녀의 담당이라는 여자는 카운터 안쪽 의자에 앉아 엎드려 있었다. 양팔에 얼굴을 묻고 고개를 한쪽으로 돌린 그녀의 모습이 다른 우주 속 외계의 풍경만큼이나 낯설게 보였다. 마치 액자 속 그림 같았다. 유리벽 너머의 세상으로 넘어가고 싶지 않았다.

그건 본능이었다.

크게 심호흡을 한 선애가 카페의 문을 열었다. 문에 달린 방울에서 딸랑 소리가 났다. 그녀는 자신이 낼 수 있는 가장 밝은 목소리로 인사를 건넸다.

"안녕하세요. 처음 뵙겠습니다."

그런데 상대의 반응이 의외였다. 환대까지는 아니어도 형식적인 인사 정도는 해 줄 줄 알았는데 카운터에 앉아 있는 여자는 엎드린 자세에서 꿈쩍을 하지 않았다. 멋쩍어진 선애가 여자에게 가까이 다가가 다시 인사를 건넸다.

"안녕하세요. 이번에 새로 입사한 박선애라고 합니다. 만나서 반가워요. 잘 부탁해요."

하지만 이번에도 답이 없기는 마찬가지였다. 카운터에 엎드린 여자는 쌕쌕 숨소리만 낼 뿐 인사를 돌려주지 않았다. 그럼에도 그녀는 엄마였다. 어린아이 둘을 키우던 엄마답게 선애는 동화책을 읽듯 과장된 어투로 다시 인사를 건넸다.

"안녕하세요. 저는 박선애라고 해요. 우와, 커피 메뉴가 이렇게 많은데 이걸 혼자서 다 만들어요? 정말 대단한데요?"

선애의 말이 채 끝나기 전이었다. 여자가 자리에서 몸을 일으켰다. 이제야 얼굴을 보나 싶어 미소를 지어 보이는데 그녀는 자리를 박차고 일어나 비품 창고를 향해 걸어갔다. 분명 신경질적인 걸음걸이였다. 억지 미소를 지어 보였던 선애의 얼굴이 조금씩 일그러졌다. 다운증후군이 있다고 했지 성격에 문제가 있다고는 말 안 하지 않았나.

딸랑.

여자가 사라지고 얼마 지나지 않아 카페 문이 다시 열렸다. 이번엔 젊은 남자 한 명이 카페로 들어서고 있었다.

"안녕하세요. 박선애 님?"

"준호 씨!"

순식간이었다. 우당탕탕 소리와 함께 여자가 창고에서 튀어나왔다. 남자를 향해 손을 흔드는 그녀는 거짓말처럼 활짝 웃고 있었다. 방금 전 짜증을 부리며 자리를 떴던 사람과 같은 인물이라고는 믿기 힘들 정도로 밝은 표정이었다. 이산가족이라도 만난 듯 반가움을 감추지 못하는 여자의 행동에 선애는 자신도 모르게 한 걸음 뒤로 물러섰다. '다운증후군 그녀'의 검은 눈동자에 사랑이 가득했다. 차마 그 끈적한 시선에 걸리적거릴 용기가 나지 않았다.

"연아 씨가요? 그럴 리가 없는데."

김준호 대리가 되물었다. 이야기를 듣던 송설아 주임 역시 고개를 갸웃거리기는 마찬가지였다. 바로 전날까지 '다운증후군 그녀'를 담당했다는 송 주임은 선애의 말이 여전히 믿기지 않는다는 듯 몇 번이나 고개를 가로저었다.

"연아 씨 그런 사람 아니에요. 엄청 착한 분인데."

"그런데 제 인사는 안 받았어요. 초면이었는데요."

"좋은 사람이니 금방 마음 열어 줄 거예요. 너무 걱정 마세요. 그런데 진짜 이상하다. 지금까지 그런 적 한 번도 없었는데. 그렇죠, 대리님?"

김 대리가 고개를 끄덕이며 수저를 내려놓았다. 원래대로

라면 조 부장과 최 과장도 함께 점심 식사를 했어야 했지만 원청과의 회의가 잡혀 자리를 비운 상황이었다. 김 대리가 지갑에서 카드를 꺼내 들었다.

"저희 원래는 점심 식사비 N분의 1 해요. 하지만 오늘은 첫날이니 제가 사겠습니다."

"제 것도요? 대리님, 그거 법카 아니잖아요."

"그만큼 제가 팀장님한테 얻어먹으면 돼요."

괜찮다는 손사래를 뒤로하고 김 대리가 카운터를 향해 걸어갔다. 김 대리를 말리러 가려는 선애의 발걸음을 송 주임이 붙들었다.

"저거 빈말 아니고 진짜 오늘만인 거니까 그냥 계산하게 두세요. 그리고요."

그녀는 사람 좋은 표정을 지어 보였다.

"연아 씨 좋은 사람인 건 맞는데, 원래 여자보다 남자를 더 좋아해요. 김 대리님은 젊고 잘생겨서 더 좋아하는 거고요. 자기 담당 바뀐다고 혹시 남자 직원이 올까 기대하다가 여자 직원이 와서 실망한 걸지도 몰라요. 너무 신경 쓰지 마세요. 그리고 연아 씨 담당 업무는 정말 사이드 중의 사이드니까. 내년 1, 2월엔 업무가 많아서 연아 씨한테까지 신경 쓸 시간 없을 거예요."

송 주임의 목소리를 덮는, 커피는 회사에 들어가서 마시자는 김 대리의 목소리가 들려왔다. 겸사겸사 연아 씨와 인사를 시켜 줄 테니 걱정하지 말라는 배려였다. 선애는 고개를 끄덕이며 자리에서 일어섰다. 새삼스럽게도, 배가 불렀다.

밥을 먹으며 아이들 얼굴이 떠오르지 않기는 이혼 후 처음이었다. 밥다운 밥을 먹으니 단전에서부터 힘이 차올랐다. 회사 동료들과 함께하는 식사 시간이 마음에 들었다. 분명 기대 이상이었다.

"준호 씨!"

단전에서부터 짜낸 쩌렁쩌렁한 목소리가 엘리베이터 앞 복도를 울렸다. 카페의 투명한 유리문 너머로 함박웃음을 짓는 연아의 얼굴이 보였다. 송 주임과 선애가 김 대리의 뒤를 따라 사내 카페로 들어섰다. 연아의 시선은 여전히 김 대리의 얼굴에 고정되어 있었다.

김 대리가 지갑을 꺼냈다.

"저랑 설아 씨는 아메리카노고, 박 사원님은요?"

"저는⋯⋯."

말을 꺼내기도 전이었다. 연아의 표정이 심술궂게 바뀌었다. 심술보다는 심통에 더 가까운 표정이었다.

당황한 김 대리가 연아를 돌아보았다.

"연아 씨, 왜 그래요?"

"준호 씨, 나 저 사람 싫어요."

당황한 건 송 주임도 마찬가지처럼 보였다. 그녀는 난감하다는 말투로 연아를 다그쳤다.

"연아 씨, 처음 본 사람한테 그런 말 하는 거 아니에요. 그렇게 말하면 상대가 속상하잖아요."

하지만 그녀는 신경 쓰지 않겠다는 표정이었다. 심지어는 대답을 하는 대신 팔짱을 끼고 벽을 향해 홱 몸을 돌렸다. 심통 난 표정의 연아를 김 대리가 살살 달래기 시작했다. 그러자 잠시 후, 삐죽거리는 입에서 생각지도 못한 말이 튀어나왔다.

"열심히 만들었는데, 안 받았어요."

김 대리와 송 주임이 선애를 돌아보았다. 선애는 어깨를 으쓱했다. 상대가 무슨 말을 하는 건지 전혀 이해할 수 없었다. 여전히 벽을 보고 서 있던 연아가 말을 더듬었다. 이번엔 울음까지 섞인 목소리였다.

"내가, 내가 아침부터 엄청 열심히 만들었는데."

그 말을 들은 송 주임이 무언가 기억났다는 듯 박수를 쳤다.

"아, 면접 보러 오셨던 날 혹시 커피랑 쿠키 받지 않으셨어요?"

기억이 없었다. 면접을 봤던 날 회사에서 받아 간 건 하얀 봉투에 담겨 있던 면접비 2만 원이 전부였다.

선애는 다시 한번 고개를 저었다. 그제야 송 주임은 알겠다는 듯 박수를 치며 고개를 끄덕였다.

"맞다, 맞다. 그날 면접 있다고 해서 연아 씨가 새벽부터 출근해 쿠키 만들었거든요. 면접 보러 오신 분들 드린다고. 아이고, 그런데 그걸 못 받아 가셨구나."

"여기, 여기 이렇게 앉아서, 고개를 돌리고, 손을 홱 하면서, '괜찮아요!'라고."

씩씩거리며 카운터에서 걸어 나온 연아는 면접일에 선애가 앉아 있던 자리로 걸어가 열연을 펼쳤다. 우스꽝스러웠다. 선애는 그녀를 우스꽝스럽다고 생각했다. 억울했다. 자신은 저런 식으로 안하무인격의 행동을 한 적이 없었다. 하지만 상대는 다운증후군이 있는 사람이었다. 그 말은 곧 그녀가 지적장애인이란 소리였다. 지적장애인을 대상으로 우스꽝스럽다는 생각을 했다는 사실 그 자체만으로 마음이 불편했다. 잘못한 것 없이 죄를 지은 기분이었다.

그래서 선애는 화를 내거나 부인을 하는 대신 자리에 쭈그리고 앉았다. 연아와 눈높이를 맞추고는 미소를 지었다. 그 모습을 지켜본 연아가 콧구멍에 힘을 주며 다시 한번 고개를 돌렸다.

선애는 포기하지 않고 또 한 번 자리를 옮겨 앉아 연아와 눈을 마주쳤다. '보통' 사람들과 다르게 생긴, '일반적'이지 않은, '평범'과는 거리가 먼 그녀였다.

고개를 숙인 선애는 두 손을 앞으로 모았다. 그러고는 경찰서를 방문했던 자신의 아이들에게 했던 것처럼 두 손을 부비며 사과를 했다.

"미안해요, 연아 씨."

그럼에도 반응은 없었다. 연아의 시선은 여전히 선애가 아닌 김 대리에게 향해 있었다. 그 모습을 지켜보던 송 주임이 결국 언성을 높여 연아를 혼내기 시작했다.

"연아 씨, 사원님이 미안하대요. 사과는 받아 줘야죠."

선애가 다시 한번 연아에게 사과했다.

"연아 씨, 미안해요. 내가 잘못했어요. 직접 만든 쿠키를 선물하려는 걸 알았다면 그 자리에서 쿠키를 받았을 거예요.

아니, 보는 즉시 먹었을 거예요. 그런데 내가 연아 씨 마음도 모르고 쿠키를 받지 못했어요. 정말 미안해요. 이렇게 사과할게요."

하지만 연아는 여전히 요지부동이었다. 보다 못한 김 대리가 어서 사과를 받으라며 연아를 압박했다. 송 주임의 목소리는 이제 화를 내는 사람에 가까웠다.

3대 1이었다. 회계 팀 동료들이 하는 말을 가만히 듣던 연아는 결국 자리에서 일어섰다. 심통 난 표정은 그대로였다. 카운터로 걸어가는 그녀의 뒤를 송 주임이 끝까지 쫓아갔다.

"연아 씨, 그냥 그렇게 들어가는 거예요? 그럼 사과 받아 준 거죠? 우리 그렇게 생각해도 되죠?"

카운터 앞에 멈춰 선 연아가 등을 보인 채로 고개를 끄덕였다.

"네."

힘이 빠진 목소리였다. 낮고 걸걸해 꼭 남자 목소리 같았다. 선애는 카운터 안으로 들어가는 연아의 얼굴을 슬쩍 들여다보았다. 새까만 눈썹 아래 푸른 아이섀도가 덕지덕지 묻어 있는 그녀의 두 눈은 붉고 징그럽게 충혈되어 있었다.

하나도 우스꽝스럽지 않았다.

다른 아이를 혼내는 일은 내 아이를 혼내는 일보다 언제나 어렵다. 참 신기한 일이다.

내 아이의 눈물은 다른 아이들의 눈물과 밀도부터 다르다. 남의 아이가 넘어져서 무릎에 상처가 나면 그저 안쓰럽고 말던 일이 내 아이의 일이 되는 순간 심장이 철렁 내려앉는 '사건'으로 돌변한다. 남의 아이가 상처를 받으면 어른이 되는 과정이라 생각하면서도 내 아이가 상처를 받으면 상처를 준 상대를 찾아내 끝장낼 준비를 한다. 그럼에도 언성은 언제나 내 아이 앞에서만 높아지는데, 피붙이에겐 그리 저항 없이 높아지던 목소리가 다른 아이들 앞에선 고상하고 우아하게 포장이 된다. 연아를 대하는 선애의 모습도 크게 다르지 않았다. 뭐가 문제지, 도대체 왜 저러지 싶은 순간이 하루에도 몇 번씩 발생했지만 선애는 민서, 민준이에게 그랬던 것처럼 연아를 향해 화를 내지 못했다. 그녀 스스로도 이해하기 힘든 징글징글한 이중성이었다.

야근이 생겨 간편식을 사러 가는 길이었다. 보통은 팀 명의 법인 카드를 사용했지만 가끔은 팀장의 개인 카드를 사용했다. 그런 날은 보통 급하게 사고가 터지는 날이었는데, 오늘이 바로 그런 날이었다. 숨 막히던 사무실의 분위기를 떠올리며 선애는 주머니에 든 팀장의 개인 카드를 만지작거렸다.

편의점은 회사 정문에서 멀지 않았다. 휴대폰이 울렸다. 발신자는 거구의 최승진 과장이었다.

— 선애 씨. 지금 다시 들어올 수 있어요?

연아와 함께 앞서거니 뒤서거니 하며 걸음을 걷던 선애가 자리에 멈춰 섰다. 최 과장이 김 대리나 송 주임을 통하지 않고 그녀에게 직접 연락을 취해 온 건 입사 후 처음 있는 일이었다. 보이지 않는 상사를 향해 선애는 고개를 숙였다.

— 과장님. 저랑 연아 씨 지금 막 편의점에 도착했어요.

— 지금 편의점이 중요한 게 아니라. 하청업체 한 곳에 빨리 다녀와야 해요. 누가 직접 다녀와야 하는데 오늘은 알다시피 다들 바빠서요. 서둘러 복귀해서 호도건설로 가 하도급계약서에 직접 도장 받아 오세요.

— 제가요?

— 네. 퀵 부르는 것보다 선애 씨가 택시 타고 다녀오는 게 더 나아서

25

전화한 거니까 빨리 들어오세요. 간단한 브리핑도 듣고 가야 하니.

– 그럼 연아 씨는…….

– 지금 그게 중요한 게 아니라니까요? 연아 씨는 혼자서도 잘하는 사
  람이니까 아무 걱정 하지 말고 빨리 들어와요. 놓치는 서류 하나도
  없이 다 받아 와야 하니까.

짤랑 소리가 들렸다. 연아가 편의점 안으로 들어서고 있었
다. 통화를 하면서도 회사로 방향을 바꿔야 하나 고민하던 선
애가 연아의 뒤를 따라 편의점 안으로 달려 들어갔다. 한 손에
노란색 플라스틱 바구니를 든 그녀는 익숙한 듯 편의점 내부
를 둘러보고 있었다.

선애가 연아의 어깨를 두드렸다.

"연아 씨, 저 회사에 일이 생겨서 먼저 들어가 봐야 해요."

"네."

"연아 씨가 이 카드로 든든한 야식 잘 골라 주세요."

"네."

무뚝뚝한 대답이었다. 말하는 이를 한 번 돌아보지도 않는
무심한 반응이기도 했다.

회사로 돌아가는 선애의 발걸음은 무거웠다. 편의점에 혼

자 남겨진 사람은 지능이 어린아이와 비슷하다는 발달장애인이었다. 막말로 유치원생을 혼자 편의점에 보낸 것과 다를 바 없는 상황이었다. 지적장애가 있는 사람을 회사 외부에 혼자 두고 오다니. 다운증후군 환자들의 IQ는 50 내외라던데. 그녀가 부장님의 카드를 잃어버리면 누가 책임을 지나. 저러다 속없이 모르는 사람이라도 따라가면 어떡하지. 고민한다고 해서 해결되지 않을 지난한 걱정들이 선애의 머릿속을 어지럽게 부유했다. 그리고 끊이지 않는 고민들은 방향을 잃고 아이들을 호출했다. 유치원 하원 시간에 엄마가 아닌 다른 이를 따라가는 민서, 민준이의 모습이 떠올랐다. 상상 속의 그녀가 다급한 걸음으로 아이들을 쫓아가니 전남편의 어머니가 뒤를 돌아보며 소리를 질러 댔다. 그건 상상이 아니라 현실이었다. 가슴이 답답했다. 숨이 끝까지 쉬어지지 않았다.

하도급계약서에 도장을 받기 위해 방문한 하청업체는 오래된 동네 복덕방 느낌의 건설회사였다. 정직원이 세 명뿐이라는 영세건설업체의 사장은 모든 것을 체념한 걸음걸이로 사무실에서 걸어 나왔다. 검게 그을린 사장의 얼굴에 깊은 팔자 주름이 유독 도드라져 보였다.

서류 속 대표의 나이는 그녀와 크게 차이 나지 않았다. 시허옇게 부르튼 입술과 탁한 눈동자, 관리하지 못한 흰머리. 오랜만에 사회에 나와 보니 돈 때문에 곤란한 사람은 그녀 말고도 여기저기 한 트럭이었다. 상대의 밭은 숨에서 담배와 믹스커피의 찌든 내가 났다. 역한 냄새에 정신이 번뜩 들었다.

약간의 실랑이 끝에 도장이 오가고 서류의 빈칸들이 채워졌다. 분위기는 점점 살벌해졌다. 마지막 서명과 동시에 선애는 서둘러 짐을 챙겼다. 서류 뭉치를 가득 든 그녀가 아직 문을 나서기 전이었다. 등 뒤로 낮은 목소리의 욕설이 날아들었다. 이제까지 세상을 살며 듣도 보도 못한 상스러운 욕이었다. 잠시 자리에 멈춰 섰던 선애가 서둘러 문밖으로 뛰어나갔다. 20대 사회 초년생도 아닌데 눈물이 뚝뚝 떨어졌다. 당혹스러웠다. 산전수전에 이혼전까지 겪은 세상 두려울 것 없는 아줌마라 생각했는데, 아니었다. 육아와 밥벌이는 형태만 다를 뿐 깊은 인내를 필요로 하는 같은 종류의 고행이었다.

회사에 도착한 건 퇴근과 저녁 식사 시간이 맞물린 애매한 시간이었다. 하청업체 대표의 사인이 담긴 하도급계약서와 간이영수증 수백 장을 품에 안은 선애가 가쁜 숨을 몰아쉬며 사무실로 들어섰다. 김 대리가 달려 나와 서류들을 확인했다.

그는 고생했다는 말을 아끼지 않았다.

"그쪽 분위기 많이 안 좋았을 텐데. 수고하셨어요. 어서 퇴근하세요."

"저녁 식사는 잘하셨어요?"

저녁 식사라는 한마디가 들린 순간이었다. 서류 더미에 코를 묻고 있던 송 주임이 번쩍 고개를 들었다. 그녀는 젤리 한 봉지를 들어 보였다. 그 모습을 본 김 대리가 선애를 사무실 밖으로 끌어냈다.

"연아 씨가 젤리를 좋아해요. 쭈쭈바 종류의 아이스크림도 좋아해서 그것도 한 움큼 집어 왔네요, 하하. 식사는 제가 다시 시켰으니 걱정 말고 들어가세요. 어차피 내년 시즌 되면 칼퇴할 수 있는 날 며칠 없으실 거예요."

사람이 오가는 상황에도 조 부장과 최 과장의 시선은 여전히 모니터 위였다. 이대로 퇴근해도 정말 괜찮은 건지 혼란스러웠다. 선애가 퇴근하지 못하고 계속 쭈뼛거리자 김 대리가 다시 한번 달려 나와 그녀를 내쫓듯 문밖으로 떠밀었다. 남아 있어도 어차피 도울 수 있는 일이 없다는 설명이었다.

잠시 뒤, 뒤꿈치가 끌리는 슬리퍼 소리와 함께 사무실의 문이 열렸다. 송 주임이었다. 그녀는 지렁이 모양의 젤리를 내밀어 보이며 눈을 동그랗게 떴다.

"연아 씨한테는 도시락을 사야 한다, 컵밥을 사야 한다, 이렇게 구체적으로 알려 주셔야 해요. 안 그러면 저희 저녁 또 굶고 일해요."

생각해 보면 딱히 악의는 없는 말투였다. 그저 인수인계를 받은 후배 직원이 같은 실수를 반복하지 않길 바라는 선임의 조언이었다. 하지만 나이 많은 중고 신입은 그 말을 가시를 두른 표창으로 받아들였다. 무슨 대단한 일을 하라는 것도 아니고 고작 야식을 사는 일이었는데, 밥 사 오는 일조차 제대로 해내지 못했다고 힐난을 하는 것처럼 들렸다. 그렇다고 연아의 평계를 댈 수는 없었다. 그녀는 지적장애가 있는 사람이었다. 그리고 지금 선애에게 주어진 유일한 공식 업무는 그 다운 증후군이 있는 동료를 관리, 감독하는 일이었다.

사내 카페의 불은 꺼져 있었다. 뾰로통한 표정의 연아의 얼굴이 지렁이 젤리처럼 허공에 떠올랐다. 좋은 사람이라는 그녀의 허상이 묵직한 무게감으로 내려앉았다. 알록달록한 색상의 지렁이 젤리가 피부를 뚫고 들어와 입 안에서 팽창하는 기분이었다. 어금니를 꽉 물어 보았지만 막을 수가 없었다.

어질어질한
카톡 공격

　휴대폰 알림음이 울렸다. 월급날은 10일이었다. 출근을 준비하던 선애가 종종걸음으로 휴대폰을 집어 들었다. 아이 씨, 보자보자 하니까. 혼잣말이 튀어나왔다. 은행 앱이 아닌 카카오톡 알림음이었다.

> 선애씨 좋아요

　연아였다. 지난밤에도 새벽 1시까지 카톡을 보내온 연아는 아침 6시부터 휴대폰 자판을 두드리고 있었다. 그녀에게 개인 번호를 건네준 것부터가 잘못이었다.

사내 카페를 이용하는 사람들은 많지 않았다. 자유로운 분위기의 스타트업 회사 혹은 젊은 직원들이 많은 IT 업계와는 확연히 다른 분위기였다. 절반가량의 내근직 직원들은 자신의 자리에서 업무를 처리했고, 무선 이어폰이 아닌 유선전화기로 전화를 받았다. 나머지 절반은 외근을 나가 있는 직원들이었다. 아침 회의는 사실상 팀장님의 훈화 말씀을 듣는 자리였으므로 앉은 자리에서도 진행이 가능했다. 회의다운 회의가 진행될 때는 영업 2팀 파티션 너머에 위치한 창문 없는 회의실을 사용했다. 원청에서 사람이 나오거나 공무원이라도 방문하는 날은 평소 비어 있는 이사장실을 이용했다. 사내 카페를 이용하는 사람이 적은 이유였다. 직원들은 점심 식사 후 가끔, 그리고 하청업체에서 온 사람들을 대접할 때만 사내 카페를 이용했다. 아직 업무다운 업무가 없는 선애만이 하루 세 번, 카페에 들러 연아를 확인했다. 연아는 보통 카운터 안쪽 키 높은 의자에 멍한 표정으로 앉아 휴대폰을 바라보고 있었다. 얼핏 보면 멍한 표정이었지만 자세히 보면 입을 조금 벌린 채 두 손으로 액정을 단단히 붙잡고는 무언가를 집중해서 시청했다.

그날 역시 카페에 앉아 있는 사람은 연아가 유일했다. 선애가 들어오는 걸 흘금 보았음에도 그녀는 손에 쥔 휴대폰만 뚫어지게 응시했다. 그에 선애가 살갑게 인사를 건넸다.

"연아 씨, 뭐 하고 있어요?"

"응."

"잠깐, 지금 응이라고 했어요?"

"아닌데."

"저한테 반말했잖아요."

"흠, 한 건데요."

대거리도 하고 눈도 마주친다. 이전보다는 분명 발전된 시그널이었다. 카운터에 몸을 기댄 선애가 휴대폰을 함께 보는 척 연아 쪽으로 고개를 들이밀었다.

"뭐 봐요?"

"드라마요. 선애 씨, 드라마 좋아해요?"

"그럼요. 좋아하죠."

"그럼 이거, 이거 알아요?"

연아가 휴대폰을 돌려 선애에게 화면을 보여 주었다. 액정을 가득 채운 유튜브에선 종영한 지 10년도 넘은 〈시크릿 가든〉이 나오고 있었다. 선애의 입가에 미소가 걸렸다. 옛 드라마를 좋아하는 레트로 감성이 반가웠다. 빠르다는 관념조차 느리게 느껴지는 요즘, 마음 맞는 친구 한 명을 길모퉁이에서 우연히 마주친 기분이었다.

선애는 너털웃음을 터뜨렸다.

"너무 좋아했죠. 연아 씨 요즘 옛날 드라마 다시 보나 봐요."

"이민호 좋아해요."

"이민호? 그 드라마엔 이민호가 아니라 현빈이 나오지 않아요?"

"이민호 좋아하는데."

연아가 말꼬리를 흐렸다. 한껏 신나 보였던 그녀는 조금 당황한 듯했다. 그 모습을 지켜보던 선애는 별생각 없이 질문을 건넸다.

"연아 씨, 혹시 이민호 나오는 드라마 다시 보고 싶은 거예요?"

"한 번만, 한 번만요."

이제껏 한 번도 들어 보지 못했던 애교 넘치는 목소리였다. 생각해 보면 김준호 대리에게도 이 정도였던 적은 없던 듯싶었다. 그녀는 오른손 두 번째 손가락을 펴며 미간을 찡그렸다.

"제발, 한 번만요."

얼떨결에 휴대폰을 건네받은 선애는 유튜브에서 〈꽃보다

남자〉를 검색하다 〈더 킹 : 영원의 군주〉로 방향을 틀었다. 그
래도 그녀가 상대적으로 신작을 봤으면 하는 바람에서였다.
작은 휴대폰 액정에 배우 이민호가 등장하자 연아의 표정은
기쁨을 넘어 환희로 바뀌었다. 행복이란 무형의 감정이 유형
의 가감 없는 미소를 타고 뚝뚝 떨어져 내렸다. 연아와 선애가
휴대폰 번호를 교환했던 날이었다. 그리고 그날 이후, 낮밤도,
주말도 없는 연아의 카톡 공격이 시작되었다.

처음엔 선애와 조금 더 가까워지고자 하는 '다운증후군 그
녀'의 노력인 줄로만 알았다. 혹은 그동안 못되게 군 데 대한
속죄 의식이라고 생각했다. 하지만 저녁 8시에도, 밤 11시에
도, 새벽 2시에도, 주말 아침 7시에도 이어지는 '좋아해요' '선
애 씨 사랑해요' 등의 연락엔 짜증이 치밀었다. 이건 명백한
괴롭힘이고 스토킹이었다.

물론 연아에게는 다운증후군이라는 방패막이 있었다. 다
운증후군. 염색체의 이상으로 발병하는 선천적 질병. 두 개여
야 할 21번 염색체가 세 개이기 때문에 생기는 이 질병에 걸
리면 선천적으로 IQ가 낮아지고 그에 따라 학습 능력이 현저
하게 떨어진다. 학습 능력뿐만이 아니다. 인지 능력, 때로는
공감 능력까지도 떨어질 수 있다는 연구 결과가 여기저기에

수두룩했다. 민폐와 관심이 구분되지 않으니 세상만사는 자신을 중심으로 돌아간다. 세상 너 혼자 살고 있느냐는 비꼼이 통하지 않는 이유다.

좋아하고 사랑한다는 노골적 고백만이 카톡의 주 내용인 건 아니었다. 네, 왜, 그래서, 선애씨에, 박선애씨에, 내일에, 전화에, 선생님에, 혼자에, 버스에 등의 단어들도 하루가 멀다 하고 말풍선에 떠올랐다. 이 모든 어절들을 그러모아 '그래서 선애씨에 내일에 전화에 선생님에 버스에 혼자에' 등의 문장을 시도 때도 없이 보내는 게 연아의 패턴이었다. 평소의 습관이 유지되는 날은 그래도 괜찮았다.

선생님에

왜

……. 종종 '에' 폭탄이 쏟아지는 날도 있었다. 아무 말도 안 했는데 '네'라는 대답은 대체 왜 보내고, '왜'라는 물음은 왜 묻는지 이해할 수 없었다. 차라리 아무 것도 모르는 중증장애 인이라면 이해라도 하지, 한글을 이해할 수 있어 그녀를 채용 했다는 동료들의 이야기를 들을 때마다 부아가 치밀었다. 살 면서 지금까지 단 한 번도 사용해 보지 않은 카카오톡 차단 버 튼을 연아에게만은 사용하고 싶었다.

이런 건 부모가 가르쳐야 하는 거 아닌가. 아무리 다 큰 자 녀라 하더라도 애한테 장애가 있으면 한 번 더 신경을 써야지.

얼굴 한 번 보지 못한 그녀의 부모에게 손가락질을 하고 싶 어졌다. 그래서 괴로웠다. 장애아를, 아니, 이미 다 장성한 장 애인 자녀를 돌보는 늙은 부모를 이해하지 못한다는 자괴감 이 오장육부를 비틀었다. 혹여 자신의 새끼들도 남들에게 이 런 식으로 손가락질을 받지는 않을까 두려웠다. 남편과 시부 모 발치에 얼굴을 묻고 한 번만 기회를 달라고 빌어야 했던 건 아닌지, 혼란스러웠다. 과거의 나를 용서할 수 없었다. 타

자화되지 않은 과거의 나는 현재를 사는 나에게 들러붙은 찰거머리였다. 조금 더 젊었던 그녀는 나이 든 그녀의 목덜미에 똬리를 틀었고, 죽지 못해 펄떡거리는 숨통을 진절머리 나게 옭아맸다.

처음부터 선애가 연아의 카톡에 스트레스를 받았던 건 아니었다. 그녀 역시 다정한 말로 답변을 하고 퇴근 후엔 연락을 자제해 달라며 조심스러운 부탁을 건네던 시기가 있었다. 하지만 연아는 선애의 눈앞에서만 알겠다고 대답을 할 뿐 밤만 되면 또다시 카톡 세례를 퍼부었다. 반성도, 인지도, 발전도 없었다.

결국 선애의 분노가 폭발했다. 그녀는 회의라 쓰고 훈화 말씀이라 읽는 아침 회의가 끝난 후 사내 카페의 문을 벌컥 열어젖혔다. 회의 시간에도 '선애씨에, 버스에, 날씨에, 월요일에, 선생님에, 전화에'라는 카톡이 온 참이었다. 카운터 뒤에 앉아 휴대폰을 보고 있던 연아가 흘긋 선애를 쳐다보았다. 자리에서 벌떡 일어난다거나 반가운 목소리로 인사를 건넨다거나 하는 건 처음도 지금까지도 상상하기 힘든 일이었다.

카운터 앞에 선 선애가 연아의 휴대폰을 강제로 빼앗았다.

"이리 내요!"

하지만 가만히 당하고 앉아 있을 연아가 아니었다. 연아는 선애의 손에서 거칠게 휴대폰을 낚아챘다. 그리고 눈을 희번 덕거리며 치켜떴다. 다운증후군이 있는 다른 사람들처럼 다소 키가 작은 그녀는 두 눈을 부릅뜨고 선애를 올려다보았다.

다시 한번 휴대폰을 빼앗으려다 실패한 선애가 연아를 몰아붙였다.

"연아 씨, 쓸데없는 연락은 적당히 하기로 했잖아요. '적당히'가 몇 번인지 모른다고 해서 하루에 한 번이라고까지 가르쳐 줬잖아요."

하지만 연아는 선애의 날 선 목소리에도 고개를 숙이지 않았다. 그저 차가운 표정으로 입을 꾹 다물고 허공을 응시했다. '그래, 어디 한번 떠들어 봐라'라고 말하는 듯했다. 그를 본 선애가 결국 애써 억눌렀던 감정을 봇물 터뜨리듯 터뜨려 버렸다.

"왜 대답 안 해요? 지금 나랑 장난해요? 이렇게 되면 퇴근할 때마다 연아 씨 차단했다가 아침이 되면 풀었다가를 반복해야 하는데 내가 왜 연아 씨 때문에 그렇게 귀찮은 일을 해야 하는지 모르겠어요. 이건 상식이잖아요, 연아 씨. 여기는 회사고, 우리는 직장 동료잖아요."

"이거, 이거 내 휴대폰이에요."

"맞아요. 그거 연아 씨 휴대폰 맞아요. 그런데 한 번만 더 새벽에 연락하면 한 번에 한 시간씩 압수하기로 약속도 했었어요. 기억나죠?"

연아는 고개를 가로저었다. 두 손에는 휴대폰을 꼭 쥐고 있었다. 다시 보니 그냥 휴대폰도 아닌 최신형 접히는 휴대폰이었다. 그 모습에 선애는 더 부아가 치밀어 올랐다.

"약속 좀 지켜요. 아니면 제발 아무 때나 연락하지 말라고요. 나 좋아해 주는 건 고마운데, 사랑한다고 말해 줘서 그것도 감동적인데, 이런 식으로 연락하는 건 누가 봐도 아니잖아요. 심지어 별 의미도 없는 말들을."

드디어 연아의 입술이 움찔거렸다. 하지만 앞으로 연락을 하지 않겠다거나 귀찮게 해서 미안하다거나 하는 말은 끝끝내 입 밖으로 나오지 않았다. 답답했다. 허공에 대고 소리를 지르면 메아리라도 돌아오지, 이건 그마저도 아니었다. 결국 카운터 테이블을 쾅 내리친 선애가 몸을 돌렸다. 그 뒷모습을 바라보던 연아의 눈동자가 사시나무처럼 떨리기 시작했다.

지잉.

다시 한번 휴대폰 진동이 울렸다. 선애의 휴대폰이었다.

"연아 씨!"

신경질적으로 내지른 목소리에 스스로 놀란 선애가 눈을 크게 떴다. 진동의 정체는 은행에서 보낸 입금 알림이었다. 1,510,306원. 이번 달 월급이었다. 연봉 2,500만 원의 포괄임금제로 계약했으니 세후 1,887,883원을 받아야 했지만, 입사 후 첫 세 달은 수습 기간이라 월급의 80퍼센트만 받을 수 있었다. 억울했지만 억울하지 않았다. 일을 쉰 기간이 너무 길어 취업이 안 될 수도 있겠다 생각했던 구직 기간을 떠올리면 이마저도 감지덕지했다.

예상치 못한 높은 언성에 연아는 깜짝 놀란 듯 보였다. 놀란 건 선애 역시 마찬가지였다. 곧바로 사과를 하려는데 카페 밖으로 지나가는 조 부장과 김 대리가 보였다. 회계 팀 팀장인 조 부장은 선애를 향해 서둘러 밖으로 나오라며 손짓했다. '사과를 해야 하는데'라는 생각이 들었지만 따지고 보면 사과하지 않은 건 상대도 마찬가지였다. 피장파장. 선애는 이런 사소한 일에는 신경을 좀 덜 써 보자며 스스로를 다독였다. 안 그래도 추가되는 업무가 하나둘 늘어 스트레스가 쌓여 가는 요즘이었다.

카페에 홀로 남겨진 연아는 한참을 자리에 서 있었다. 수십 분 뒤, 카페 앞을 지나가던 김 대리가 손을 흔들어 인사를 건넸지만 아무런 반응도 보이지 않았다. 그렇게 좋아하는 김 대리였는데, 그가 아예 보이지 않는 것처럼 꼼짝을 않고 얼어 있었다.

워크숍은 1박 2일이었다. 장소는 강원도에 위치한 오래된 호텔로, 그래도 선애가 학창 시절 갔던 수련회 장소보다는 조금 더 나아 보였다. 회사가 남초 집단인 만큼 회계 팀 여자 직원들은 작은방을 따로 배정받았다. 프레임이 두꺼운 작은 TV가 달려 있는 아담한 방이었다. 요와 이불을 깔고 자는 온돌식 방을 둘러보며 송 주임이 연신 감탄사를 내뱉었다.

"우와, 저는 이런 거 처음 봐요. 침대 없이는 한 번도 안 자 봤거든요."

"작년엔 다른 데로 갔었어요?"

"코로나 때문에 안 했어요. 저도 입사하고 워크숍은 처음이에요."

송 주임은 이불장 안에 들어 있는 이불과 요를 뒤적이며 어느 게 바닥에 까는 거고 어느 게 덮는 건지 물었다. 선애가 미소를 지어 보였다.

"무거운 게 요예요. 바닥에 깔면 돼요."

"와, 진짜 무거워. 이런 걸 매일 깔고 치우고 했다고요? 예전엔 굉장히 불편하게 살았네요. 그래도 방이 금방 따뜻해지겠어요. 찜질방에 온 것 같은 기분이에요."

"학생 때 수학여행 안 가 봤어요?"

"가긴 갔었는데 이렇게 바닥에서는 안 자 봤어요. 수학여행 가도 보통 2인 1실, 많아 봤자 4인 1실이잖아요."

"재밌다. 저 때는 열 몇 명이 한 방에 우르르 들어가 양쪽으로 누워 잤어요. 바닥에 일렬로 요 깔고, 두셋이 이불 하나 덮고. 지금 생각하면 그 많은 사람들이 어떻게 화장실 하나에서 씻고 싸고 복작거렸는지. 분명 화장실도 가고 머리도 감아야 했을 텐데 말이에요. 신기하죠."

"거짓말. 사원님 그렇게까지 나이 안 들어 보이세요."

"이거 그렇게 오래된 얘기 아니에요. 아닌가? 이게 오래된 얘긴가?"

다시 고등학생이 된 것처럼 웃고 떠드는 사이 호텔 앞 주차장에 버스 한 대가 들어왔다. 구내식당 조리원과 사내 미화원, 경비업체 용역 직원들이 타고 있는 마지막 버스였다. 오랜만에 진행하는 워크숍인 만큼 정규직, 계약직, 일용직 가릴 것 없이 회사에서 돈 받고 일하는 사람이라면 모두 참석해야 한다는 회장님의 특별 당부가 하달되었다고 했다. 평소엔 코빼기도 안 보이는 낙하산 임원들부터 청소 여사님들까지 정말 모두가 워크숍에 참석했다. 곧이어 관광버스의 시동이 꺼지고 버스 앞문이 열렸다. 버스에서 내리는 연아를 선애는 건물 위에서 가만히 내려다보았다. 매일 보는 얼굴이 새삼 낯설었다.

공식적으로 연아의 담당 직원은 회계 팀 박선애 사원이었지만 영업 팀과 자재 팀, 회계 팀이 함께 탄 버스엔 빈 좌석이 없었다. 연아가 다른 버스를 타고 리조트에 온 이유였다. 어머니 혹은 할머니뻘 직원들 사이에서 그녀는 즐거운 표정을 숨기지 못하고 주위를 두리번거렸다. 송 대리가 팔짱을 끼며 고개를 끄덕였다.

"그래도 연아 씨 괜찮죠? 생각보다 신경 쓸 일 많이 없다니까요."

동의할 수 없었다.

"주임님, 저 여쭤볼 게 있어요."

"뭐든지요."

"주임님은 연아 씨가 연락하는 거 괜찮았어요? 퇴근하면서부터 새벽, 아침까지 가리지 않고 막무가내로 카톡을 보내잖아요."

"카톡을 보내요?"

처음 듣는 소리라는 표정이었다. 당황한 선애가 빠른 속도로 말을 쏟아냈다.

"아무 때나 연락하잖아요. 퇴근길에도, 잠자기 전에도, 아침에 출근 준비를 할 때도. 심지어는 새벽 2시, 3시에도 연락을 하고, 평일 주말을 가리지도 않고요. 카톡 무음으로 돌려놓으면 전화해서 왜 답장 안 하냐고 따지기도 하던데. 주임님한테는 안 그랬어요?"

"어머. 저는 연아 씨하고 개인 번호 교환은 하지 않아서 그런 문제가 있는지는 미처 몰랐어요. 그냥 카톡 알림 끄거나 차단하면 안 돼요? 전화까지 하니 소용없으려나요?"

그때였다. 대화를 댕강 자르며 현관 벨이 울렸다. 인터폰 화면에 익숙한 얼굴이 떠올랐다. 연아였다.

연아와 선애는 자연스레 한방에 배정되었다. 버스는 좌석 문제 때문에 따로 탑승했다 해도 잠을 자는 건 다른 문제였다. 송 주임이 어깨를 으쓱했다. 그사이 벨이 한 번 더 울렸고, 선애가 현관을 향해 천천히 걸음을 옮겼다.

문을 열었다. 복도엔 보라색 캐리어 손잡이를 손에 꼭 쥔 연아가 활짝 웃으며 서 있었다.

그녀는 설레어 보이는 표정이었다. 추위에 볼이 빨갛게 상기된 연아가 "선애 씨!"를 외쳤다. 그렇게 화를 냈는데, 그렇게 혼을 냈는데, 반가워한다. 상처 입은 마음을 애써 숨기는 건지 아니면 벌써 다 잊은 건지 알 수 있는 방법은 없었다. 부러웠다. 이혼 과정에서 받은 상처와 '그 사람들'이 남긴 흉터는 아직도 선애의 몸에 벌레처럼 기생했다. 회사 생활을 하며 받는 스트레스도 허옇게 일어난 스크래치처럼 가슴에 남았고, 퇴근 후 소주 한 잔에 홀로 삭인 화는 둔탁한 멍이 되어 조금씩 곪아 갔다. 타인에게 남긴 상처는 잊어도 내 몸에 아로새겨진 흉터는 잊을 수 없는 게 사람인데, 신기하게도 연아는 아무렇지도 않아 보였다. '내 새끼들도 저렇게 자라야 할 텐데'라는 생각을 하던 선애가 다급하게 고개를 털었다. 상처를 받는다 해도 장애만은 없어야 했다. 건강만 해라, 행복만 해라, 하던 바람은 '열심히 공부해서 성공해라'로 바뀔 테지만 그래도 언제나 건강이 제일이었다. 문득 얼굴도 모르는 연아의 부모가 가슴속에 들어찼다. 그러자 괜히 죄책감이 들며 우울감이 찾아왔다.

거실에선 겨우 워크숍에 오는데 무슨 캐리어까지 가져왔 냐는 송 주임의 타박이 이어지는 중이었다. 오늘이 정말 기분 좋은 날인 건지 연아는 애교 어린 목소리로 "한 번만."을 외쳐 대고 있었다.

송 주임은 그런 연아를 가르치려 들었다.

"연아 씨, 선애 씨한테 아무 때나 연락했어요?"

"안 그랬어요."

얼씨구. 표정 하나 안 바꾸고 거짓말을 한다. 하지만 똑소리 나는 송 주임이 그냥 넘어갈 리 없었다.

"했잖아요. 그러면 되겠어요, 안 되겠어요?"

"잘못했어요."

진심이라고는 하나도 찾아볼 수 없는 사과였다. 진정 어린 사과를 하는 대신 연아는 메고 있던 작은 크로스 백을 열었다. 그녀가 가방에서 꺼낸 건 마트에서 흔히 볼 수 있는 저렴한 체 리 향 립밤이었다. 플라스틱 포장 용기에 붙어 있는 다이소 스 티커가 시선을 사로잡았다.

연아는 포장된 립밤 두 개를 선애에게 내밀었다. 송 주임의 두 눈이 둥그레졌다.

"어머, 이거 박선애 사원님 드리려고 산 거예요?"

"선물, 선물로 주고 싶어서요. 크리스마스 선물."

"크리스마스는 이미 한참 지났는데? 연아 씨, 내 거는요? 이거 두 개니까 우리 나눠 가져도 돼요?"

"안 돼요!"

송 주임과 연아가 동시에 웃음을 터뜨렸다. 도대체 어느 포인트에서 웃어야 하는 건지 도저히 감이 잡히지 않았다. 그녀들은 깔깔거리며 배까지 움켜쥐었다. 선애가 열 살 이상 어린 그녀들과 어울리기란 역시나 쉽지 않은 일이었다.

호텔 복도 천장에 내장된 스피커로 저녁 식사에 대한 공지가 흘러나왔지만 잘 들리지 않았다. 두 여자의 웃음소리가 세상을 점령해 지구에 있는 모든 소리를 흡수해 버린 느낌이었다. 브라운관 속 시트콤이 눈앞에 펼쳐진 듯한 착각도 들었다.

어느 순간 손에 쥐어진 립밤을 선애는 가만히 내려다보았다. 입술이 잘 움직여지지 않았다.

대표이사의 한 말씀에 이어 회장의 한 말씀, 고문의 한 말씀, 임원진의 한 말씀, 연이어 각 부서별 팀장들의 새해 각오와 우수사원들에 대한 표창이 이어졌다. 간략한 시상에는 상품과 인증 사진이 함께했다. 길다면 길고 짧다면 짧은 시상이 끝난 뒤엔 회사의 연혁이 담긴 영상이 재생되었다. 송 주임이 선애에게 바짝 붙어 앉아 이 회사도 경영진은 모두 혈연관계라며 귀엣말을 건넸다. 팔짱을 끼고 앉아 있던 조 부장은 그를 듣고 말없이 고개를 끄덕였다.

뒤이어 바비큐 시간이 이어졌다. 고기를 구운 건 대체로 팀장급 남자 직원들이었다. 식사 자리가 얼추 정리되자 주차장 옆 강당엔 노래방 기기가 설치되었다. 이동식 사이키 조명 두 개가 강당 내부를 조잡하게 비추었다. 이건 옛날 옛적에 사장된 역사 속 한 장면인 줄 알았는데, 아직도 이런 문화를 단합으로 여기는 조직이 여기 있었다. 경영진의 암묵적인 권유에 부장들은 돌아가며 마이크를 잡았다. 그래도 2, 30년 전처럼 신입 사원들에게 장기자랑을 시키지는 않아 다행이었다.

그리고 그 자리엔 연아도 있었다. 노래 한번 불러 보라는 어른들의 권유에 한참을 부끄러워하며 거절하던 연아는 결국 마이크를 잡고 무대에 올랐다. 10대, 20대가 아니면 알기 힘든 아이돌의 노래임에도 회사 사람들은 무대 위 연아를 향해 열심히 박수를 쳐 주었다. 이에 흥이 난 연아는 둠칫둠칫 몸을 흔들며 춤까지 추었다. 하지만 선애는 그 모습을 보며 불편한 감정을 느꼈다. 어디에서 불편함을 느낀 건지 콕 집어 설명할 수는 없었지만 어찌 되었든 뒷맛이 개운하지 않았다. 물론 그녀 자신이 그런 감정을 느낀다는 걸 티 내진 않았다. 무엇보다 연아 스스로도 지금 상황을 즐기고 있는 듯 보이니 사실 문제가 될 건 아무 것도 없었다.

노래방 타임이 끝난 후엔 팀별로 방에 모여 진짜 회식이 시작되었다. 회계 팀과 감리담당 팀, 영업 팀의 남자 직원들은 큰방을 함께 사용했다. 소강당만큼 넓은 방 한가운데 신문지와 과자 박스가 번개처럼 깔렸다.

각 호실마다 문들은 활짝 열려 있었고, 소주잔을 손에 든 부장들은 이 방 저 방을 옮겨 다니며 타 부서 사람들에게 인사를 건넸다. 수십 년 전 대학교 신입생 OT에서나 보았겠다 싶은 풍경이었다. 세상이 변했다더니, 거짓말. 미디어가 말하는 세상과 개인이 경험하는 현실 사이엔 언제나 괴리감 한 스푼만큼의 거리가 존재했다.

저녁 식사 시간에 바비큐를 구운 게 연차 높은 남자 직원들이었다면 큰방 부엌에서 안주를 준비하는 건 저연차 여자 직원들의 몫이었다. 연아에게도 역할이 부여되었다. 그녀의 미션은 사과를 깎고 반건조 노가리를 꺼내 접시에 담아 두는 일이었다. 뚝딱 끓일 수 있는 찌개가 있으면 좋겠다고 조 부장이 눈치를 주어 선애와 감리담당 팀 여자 직원 두 명이 근처 마트에 함께 가 장을 봐 오기로 했다.

상당한 주량으로 남자 직원들과 함께 술자리에 앉아 있던 송 주임이 연아를 찾았다.

"박 사원님, 그런데 연아 씨 어디 갔어요? 저 휴대폰 가지러 저희 방 다녀왔는데 거기도 없던데요?"

"부엌에 없어요?"

이미 나갈 준비를 마쳤던 선애였다. 그녀는 감리담당 팀 직원들에게 양해를 구하고 연아를 찾기 위해 실외기가 가득한 베란다와 접해 있는 큰방 부엌으로 향했다.

부엌은 난장판이었다. 싱크대엔 씻다 만 것 같은 사과 열댓 개가 담겨 있었다. 플라스틱 접시에 담긴 건 고작 사과 네 조각으로, 사과를 하나만 깎아 접시에 담아 놓은 모양이었다. 두껍게 깎여 나간 사과 껍질 사이로는 부스러기 형태로 떨어진 마른안주들이 보였다. 반건조 노가리가 아니라 마른 황태를 통으로 쏟아부은 듯 보였다. 어지러이 커피 얼룩이 진 싱크대 상판에는 텅 빈 일회용 믹스커피 봉지들이 널브러져 있었다. 그 모습을 본 감리담당 팀 직원들이 선애와 함께 연아를 찾아 걸음을 옮기기 시작했다. 모두의 마음이 다급해졌다. 하지만 술자리에서도 베란다에서도 화장실에서도 연아의 흔적은 찾아볼 수 없었다.

그녀를 찾은 건 거실 옆 불 꺼진 작은방, 이불 더미 뒤였다. 따뜻한 방바닥에 배를 깔고 엎드려 있던 연아는 이불을 뒤집어쓰고 무선 이어폰을 귀에 꽂은 채 유튜브 영상을 보는 중이었다. 선애가 작은방의 불을 켜고 단호한 목소리로 연아를 불렀다. 연아는 선애를 흘긋 올려다보더니 다시 휴대폰 액정으로 시선을 돌렸다.

몇 번을 더 소리 높여 상대의 이름을 부르던 선애는 결국 연아의 귀에 꽂혀 있던 이어폰을 강제로 빼냈다. 연아가 신경질을 부리며 선애에게 화를 냈다.

"왜요?"

"그건 내가 묻고 싶은 말이에요. 연아 씨, 도대체 왜 그래요?"

"뭐가요?"

"연아 씨는 부엌에서 사과 깎기로 했잖아요."

"했어요."

"안 했어요. 사과를 하나밖에 안 깎았잖아요."

"하나 깎았잖아요."

말이 통하지 않았다.

"왜 그래요? 도대체 뭐가 문제인데요? 이렇게 많은 사람들이 함께 먹으려면 사과를 하나만 깎으면 되겠어요, 안 되겠어요?"

"나는, 나, 나는 사과 깎았어요."

"그러면 사과 껍질은 왜 안 치웠어요?"

"그건, 음식물, 음식물……."

"음식물 쓰레기봉투 싱크대 아래 있잖아요. 아니면 한쪽으로 치워 놨어야죠. 반건조 노가리 꺼내기로 했는데 황태 봉지는 왜 뜯었어요?"

"헷갈렸어요."

"믹스커피 봉지는 또 뭔데요?"

"그건 다른 팀 누가 와서 마시고 싶다고 했어요."

"뭘 잘했다고 꼬박꼬박 말대꾸예요?"

"박 사원님, 그냥 제가 연아 씨랑 나갔다 올게요."

김 대리였다. 여기저기 술 시중을 들러 다니던 김 대리가 괜찮으냐는 표정으로 문 앞에 서 있었다. 선애는 다시 연아를 돌아보았다. 눈앞의 광경은 실소가 새어 나올 정도로 황당했다. 이제까지 싸울 기세로 따박따박 말대답을 하던 사람은 어디

가고 코끝까지 빨개진 연아는 어느새 눈물을 뚝뚝 떨어뜨리고 있었다. 김 대리는 이해한다는 표정으로 고개를 끄덕였다. 그 역시도 난감하다는 표정이었다.

김 대리의 목소리가 낮게 깔렸다.

"연아 씨도 아마 이런 워크숍은 처음일 거예요. 일단 제가 데리고 나가 바람 좀 쐬고 올게요. 오면서 찌개거리 사 오면 되죠?"

"아니에요. 그건 제가 다녀올게요. 제가 감리담당 팀 분들과 다녀오기로 했어요."

그는 고개를 가로저었다.

"연아 씨 저렇게 울고 있는 모습, 사람들이 보면 안 좋을 거 같아서 그래요."

"저거 다 연기예요."

"그래도요. 그리고 저 이제 본격적으로 술 마셔야 하는데 그 전에 바람부터 쐬고 오고 싶어서 그래요. 혹시 필요한 물품 더 있으면 알려 주세요."

"대리님 술 드셨잖아요."

"아직 맥주 두 잔밖에 안 마셨어요. 그리고 차 안 몰고 걸어서 다녀올 거예요. 그새 잊으셨어요? 저희 다 관광버스 타고 왔잖아요. 심지어 여긴 촌 동네라 택시를 불러도 잘 안 온다고요. 제가 연아 씨 데리고 후딱 다녀올게요."

고마웠다. 그리고 미안했다. 부끄러웠고, 화도 났다. 누가 뭐래도 연아는 그녀의 담당이었다. 동료였지만 동시에 업무 대상이었다. 문제가 생길 시 책임을 질 이가 있다면 최종적으로는 사장이어도 우선적으로는 선애였다. 적어도 김 대리는 아니란 소리였다. 다른 팀원들처럼 큰돈을 다루는 것도, 주요 클라이언트를 만나는 일도 하지 않는 그녀가 자신에게 주어진 유일한 업무조차 해내지 못한다면 2년 뒤 재계약은 물 건너간 일일 게 뻔했다. 일종의 과외 업무인 발달장애 동료 관리도 제대로 못 해낸다면 진짜 업무에는 손을 댈 기회마저 주어지지 않을지도 몰랐다. 선애는 울고 싶은 사람은 연아가 아닌 자신이라고 생각했다. 장애를 가진 동료가 말도 못하게 미워졌다.

작은방의 불을 껐다. 연아는 퉁퉁 부은 눈을 부비며 자리에서 일어나는 중이었다. 지나가던 최 과장이 무슨 일이냐며 고개를 들이밀었다. 그에 김 대리는 능숙하고 싹싹하게 아무 일도 아니라며 손을 내저었다. 거구의 최 과장이 거실 불빛을 가리자 작은방은 온통 암흑으로 바뀌었다. 김 대리는 최 과장이 시야에서 사라질 때까지 기다린 후 선애에게 방에 가 쉬라며 등을 떠밀었다. 미안하다는 말을 하면 목소리가 떨릴 것 같아 선애는 그저 가벼운 목례로 고마움을 표했다. 도대체 네 쓸모는 무엇이냐고 소리를 지르던 전남편의 얼굴이 떠올랐다. 그때도 지금도 그녀는 단 한마디도 대답을 할 수가 없었다. 모든 게 엉망이었다. 가정에서 버림받은 나의 쓸모를 증명하고 싶어 사회에 다시 발을 내디뎠는데 첫발부터 펄에 빠져 버린 기분이었다. 끝이 보이지 않는 지옥이었다. 혼탁한 불구덩이에서 서서히 떠오른 건 누구도 아닌 연아의 얼굴이었다.

연아 씨의
남자 친구

중소 건설회사의 퇴근 시간은 직원마다 제각각이었다. 영세업체가 아닌데도 그랬다. 그건 유연근무제가 아닌 유연야근제 때문이었는데, 포괄임금제하에서 야근이란 이름의 무료 노동은 선택이 아닌 필수 사항이었다. 순진했다. 시대가 바뀌었다고 해서 달라졌을 줄 알았는데, 아니었다. 숨을 돌릴 만하면 마감 기한이 간당간당한 업무 더미가 새로 책상에 쌓였다. 워라밸과 노동법은 다른 세상, 다른 사람들의 이야기였다.

숫자가 맞지 않았다. 그냥 뭉갤 수 있는 범위가 아니라는 목소리가 회의실 벽을 넘어 흘러나왔다. 회계 팀 팀장인 조 부장과 사실상 팀 내 실무 책임자인 최 과장이 회계 법인에서 나온 회계사들과 함께 엘리베이터로 향했다. 중간 책임자들의 어깨는 저연차 팀원들의 어깨보다 몇 배는 더 무거워 보였다.

힘들어 보이는 건 회계사들도 마찬가지였다. 눈 밑에 다크서클이 짙게 내려앉은 젊은 회계사들은 일주일도 넘게 집에 들어가지 못했다고 했다. 시즌과 비시즌이 확실한 직업이었다. 시즌 중 그들의 근무 시간은 도대체 얼마나 되는 건지 도통 감조차 잡을 수가 없었다.

이 말을 들은 김 대리는 원래 시즌에는 밤낮도 없고 주말도 없고 경조사도 없이 일하는 게 회계 일 아니냐며 어깨를 으쓱했다. 모르지 않았다. 둘째 출산 전, 선애도 이 업계 사람이었다. 물론 그 당시도 지금처럼 저연차여서 할 줄 아는 일은 많지 않았지만, 시즌 돌아가는 사이클만큼은 인이 박여 몸에 남았다. 그래도 근 10년이면 강산이 한 번은 바뀔 줄 알았는데 착각이었다. 이 시장의 업무 강도는 시대를 관통하는 변화의 바람을 잘도 비껴가 여전히 굳건했다.

건설 경기가 몸을 움츠린 탓인지 외부인에 대한 내려치기인지 타 부서 직원들은 상대적으로 여유로워 보였다. 적어도 선애의 눈엔 그래 보였다. 탈의실 소파를 모텔 침대처럼 사용하는 회계 팀에서 야근의 압박으로부터 자유로운 사람은 선애 하나였다. 자꾸 혼자만 정시에 퇴근해 죄송하다 고개를 숙이는 그녀에게 김 대리와 송 주임은 그런 소리는 꺼내지도 말라며 손을 내저었다. 그녀보다 한참 어린 선임들이었다.

김 대리가 기지개를 켜며 말했다.

"박 사원님께 얼마나 감사드리는지는 따로 말씀 안 드려도 이미 아시잖아요. 예전엔 하청업체나 협력업체에 문제 생길 때마다 직접 뛰어가거나 다른 부서에 SOS 요청해야 했는데 이제는 아쉬운 소리 안 해도 돼요. 안 그래도 할 일 많은데 별 중요하지도 않은 일로 전화기 붙들고 있을 때면 정말 화가 발끝부터 올라왔거든요. 그렇게 일하고도 마감 기한 펑크 냈다고 욕먹기 일쑤였고."

송 주임이 거들었다.

"말도 마세요. 이거 다 자리에 놓고 그냥 퇴근해 버리고 싶은 날이 하루 이틀이 아니었다니까요. 친구들은 그런 회사 왜 계속 다니느냐 그러고, 그래서 대기업 가야 하는 거라고 자꾸 킹받는 얘기만 하고."

"대기업도 시즌엔 바쁜 거 마찬가지예요."

선애의 대꾸에 김 대리가 마른세수를 했다.

"그래도 거긴 금융 치료라도 받잖아요. 아까 부장님, 과장님이랑 같이 나간 회계사들도 우리보다 연봉을 몇 배는 더 받을 거고요."

송 주임은 입사 초기 몇 번이나 회사를 그만두고 싶었지만 영세 하청업체를 방문해 날것의 현장을 만난 이후 마음을 다잡았다고 했다. 이 학력, 이 경력으로 지금 회사를 그만두면 다음 상황은 불 보듯 뻔해 보여서 그래도 몇 년은 버텨 보자며 이를 악물었다는 소리였다.

그 말을 들은 선애는 실제로 이를 악물며 미소를 지었다. 스스로가 바보 같아 견디기가 힘들었다. 아직 서른이 채 되지 않은 친구도 저런 생각으로 세상을 사는데 자신은 어쩌자고 사이비의 유혹에 빠졌던 건지 이해가 되지 않았다. 무언가에 홀렸었다기엔 그때도 지금도 '나'는 그저 '나'였다. 스스로를 용서할 수 없었다. 아이들의 얼굴이 떠올랐다. 그녀의 손을 잡고 거리에서 구걸을 하던 아이들의 모습이 수명을 다한 꽃잎처럼 앙상한 마음에 꽃비로 내렸다.

시작은 아마도 산후우울증이었던 것 같다. 임신을 하고, 아이를 낳고, 출산전후휴가 3개월에 육아휴직 6개월을 쓰고 회사에 복직했다. 최대 1년까지 쓸 수 있는 육아휴직이지만 그녀가 다녔던 회사에서는 6개월도 눈치에 눈치를 보며 사용할 수 있는 특권이었다. 사람을 쓸 형편은 되지 못해 시모가 집에 들어왔다. 그녀와 전남편, 그리고 그들 아이의 보금자리에 가족 아닌 사람이 들락거리는 게 불편했지만 방법이 없었다. 그녀가 받는 월급 중 150만 원이 시모의 주머니로 들어갔다. 전남편은 그래도 엄마가 멀지 않은 동네에 살아 다행이라며 배부르고 등 따스운 소리를 매일같이 해 댔다.

그러던 도중 둘째가 들어섰다. 복직한 지 1년도 지나지 않아 들어선 둘째 소식에 회사는 노골적으로 불쾌감을 표했다. 이런 식으로 자꾸 쉬면 같이 일하는 팀원들에게 민폐인 걸 정말 모르느냐는 말이었다. 우리는 땅 파서 회사 운영하느냐는 말까지 들었다. 시대를 빗겨 나간 폭언을 들으면서도 그녀는 악착같이 버텼다. 결혼 전이었다면, 아니 아이만 없었어도 진즉에 때려 치웠겠지만 이제는 책임질 사람들이 있었다. 남편 월급만으로 아직 2억도 넘게 남아 있는 주택 대출을 갚고, 자동차 할부금을 내고, 보험료와 각종 공과금 및 식비 등을 충당하다 보면 한 달 예산은 빠듯함을 넘어 순식간에 마이너스였다. 기분이 나쁘다고 일을 그만둘 수는 없었다. 최소한의 책임감도 없느냐는 가스라이팅을 당하면서도 애써 무시하고 뻔뻔하게 버틴 이유였다.

회사를 그만둔 건 둘째를 낳고도 1년 뒤였다. 회사에 곧 복귀할 것처럼, 때로는 잔무까지 처리해 주면서 출산 후 1년을 꼭 채운 그녀는 출산휴가가 끝나는 날 회사에 퇴사를 통보했다. 좋게 나와도, 아니 그런 일은 결코 발생하지 않았겠지만, 어찌 되었든 웃으며 인수인계까지 마친다 해도 실업급여를 받으며 퇴사를 할 수 있는 방법은 없을 터였다. 욕이야 조금 먹겠지만 회사는 그녀가 없다고 돌아가지 않는 구멍가게가 아니었다. 함께 땀 흘렸던 동료들도 따지고 보면 '동료'였다. 그 이상이 아니라는 점이 중요했다.

그리고 산후우울증이 찾아왔다. 처음에는 하루 종일 느끼는 무력감이 우울감인지 인지하지 못했다. 회사를 그만둔 뒤 보육료를 지불하지 못하자 시모는 더 이상 아들의 집을 찾지 않았다. 우리 엄마도 이제 나이가 들어서 힘들다고, 그 집까지 가서 무료 봉사를 하는 건 좀 아니지 않느냐는 시누의 목소리가 오히려 반가웠다. 한쪽으로 기우는 결혼이라며 처음부터 환영받지 못한 선애와 그녀의 친정이었다. 불편한 사람과 밥을 먹느니 차라리 굶는 편이 편한 성격이었다. 좋은 관계 유지를 위해 애쓰고 긴장하는 삶은 지금까지 해낸 사회생활만으로도 충분했다.

아이들은 사랑스러웠지만 진절머리가 났다. 내 속으로 낳은 아이를 보고 속부터 쥐어뜯기는 기분이 드는 게 정상인지 혼란스러웠다. 아이들이 거실을 난장판으로 만들어도 그저 안방 침대에 누워 있었다. 용변을 볼 때 아이가 벌컥 문을 열면 우르르 까꿍 눈웃음을 짓다 문을 쾅 닫아 버리는 일이 반복되었다.

선애가 스스로 심각성을 느낀 건 자지러지게 우는 첫째 민서를 작은방에 두고 문을 잠가 버린 날이었다. 둘째 민준이를 품에 안고 베란다로 걸음을 옮겼다. 상쾌한 바람이 간절했다. 미세먼지 없는 하늘은 새파랬다. 아기 냄새가 섞이지 않은 선선한 바람은 꽉 막혔던 숨통을 박하 잎처럼 시원하게 뚫어 주었다. 나뭇잎은 푸릇했고, 멀리서부터 들려오는 공사 소음은 새들이 지저귀는 소리와 한데 섞여 귀를 간지럽게 자극했다. 더할 나위 없이 완벽한 날이었다. 그리고 이런 날이라면 세상을 떠나도 나쁘진 않겠다고, 선애는 생각했다. 어린 시절 우물에 몸을 던져 생을 마감한 그녀의 엄마도 바로 이런 날 덤덤한 마음으로 삶에 마침표를 찍었을 테다. 그런데 촌스럽게 우물이라니. 고릿적 옛이야기도 아니고. 아이를 낳으면 엄마를 이해하게 될 줄 알았는데 아니었다. 죽고 싶다는 게 아니라 그저 오늘 죽어도 나쁘지 않겠다, 정도의 마음이었다.

그 마음이 우울증 증상임을 알게 된 건 조리원 동기 모임, 조동에서였다.

"어머, 민준이 엄마, 그게 우울증이야. '오늘 죽어야지'가 아니라 지금 죽어도 상관없다는 그 마음이."

양 실장이 말했다. 다른 엄마들은 모두 누구누구 엄마로 불리는 데 비해 유독 양 실장으로 불렸던 그녀는 조동의 맏언니였다.

명상과 마음공부로 20대 시절 우울증을 이겨 냈다는 그녀는 40대 중반을 넘겨 둘째를 낳은 나이 든 엄마였다. 조동에는 스물한 살짜리 막내도 있어 그녀는 자신이 꼭 할머니처럼 느껴진다는 이야기를 매일같이 꺼냈다. 큰언니 같기도 하고 작은이모 같기도 한 양 실장은 선애를 위해 도시락을 싸 주었고, 손 편지도 써 주었다. 백화점 문화센터에서 아이들을 기다릴 땐 함께 종이접기도 했고, 바지런하게 재료를 싸 와 말린 생화로 책갈피도 만들었다. 선애처럼 아이가 둘인 그녀는 남편이 해외 주재원으로 나가 있어 진정한 독박 육아를 하는 중이라고 얼굴을 찌푸리며 푸념했다. 그럼에도 명상을 통해 긍정적 마음을 잃지 않았다는 첨언이었다.

맞는 말이었다. 엄마가 우울하면 아이도 우울하다. 신경질

적이고 툭하면 짜증을 내는 엄마가 아이에게 좋은 영향을 줄
리 없었다. 아무리 어려도 사람이었다. 반려동물도 주인 기분
을 살핀다는데 하물며 사람인 아이들이 엄마의 우울한 감정
에 영향을 받지 않을 리가 없었다.

선애가 양 실장을 따라 마음공부를 시작한 계기였다. 사기
꾼들이 촘촘하게 짠 덫에 움찔 한 번 하지 못하고 걸려 버린
이유였다.

처음 몇 달 동안은 정말 명상과 마음공부만이 진행되었다.
하지만 함께 공부를 한다는 다른 사람들을 만나게 되고, 좋은
말씀을 해 주신다는 도사를 만나게 되면서 상황은 급변했다.
그녀는 기부금을 내야 했고, 돈을 마련하지 못하는 달엔 그녀
를 대신해 성의를 표시해 줄 사람들을 찾아와야 했다. 민서,
민준이가 어릴 땐 아이들을 어린이집 종일반에 보내 놓고 기
운이 맑은 이들을 물색하면 그만이었다. 하지만 아이들이 초
등학교에 입학하자 손발이 묶이며 시간이 없어졌다. 학교는
점심도 먹이지 않고 아이들을 하교시켰고, 학원을 보내 놓아
도 고작 한두 시간뿐이었다. 결국 선애는 두 아이를 데리고 돌
아다니며 도사에게 데려갈 사람들을 찾아 나서기 시작했다.
영혼이 참 맑으시네요. 조상님 복이 있어요. 인상 좋다는 말

많이 들어 보셨죠.

그녀의 기행은 행인 중 하나가 그녀를 경찰에 신고하며 마침표가 찍혔다. 신고 사유는 무려 아동학대였다. 주말마다 축구를 하러 간다, 골프를 치러 간다며 밖으로만 돌던 남편은 아동학대로 신고를 당한 선애를 향해 고래고래 소리를 질렀다. 너 같은 게 엄마냐고, 집에 있으면 애라도 제대로 봐야 할 것 아니냐며 장식장을 엎었다. 처음 보는 아빠의 폭력적인 모습에 민준이는 바지에 오줌을 지렸고, 민서는 부들부들 떨다 입에 거품을 물고 뒤로 넘어갔다. 나가라는 고함에도 입을 다문 선애에게 남편은 변기 물을 퍼다 부었고, 그래도 선애가 요지부동이자 아이들을 데리고 부모님 집으로 거처를 옮겼다. 한때 세상에서 가장 사랑했던 사람이 퍼붓는 폭언과 폭력에도 선애는 자신이 무엇을 잘못했는지 깨닫지 못했다. 경찰 조사 중 도사라는 인간이 민서와 민준이의 몸에 손을 댔다는 사실을 듣기 전까지는 정말 세상 이치를 이해하지 못하는 사람들이 답답하게 느껴져 오히려 화병이 날 지경이었다. 천하의 천치가 자신이었다는 사실을 인지하기까지는 무려 반년 이상의 시간이 필요했다.

그런 연유로 이혼 과정에서 선애는 재산 분할을 꿈도 꾸지 않았다. 개싸움으로 덤벼들면 홀로 일어설 정도의 돈은 받아낼 수 있다고 들었지만 양육권 하나 빼고는 미련 없이 포기했다. 그런 식으로 이혼을 진행해서는 스스로도 이해할 수 없는 지난 수년에 대한 반성과 회개가 불가했다. 너무나도 간절하게 그녀는 형벌이 필요했다.

경찰 조사가 진행되면서 선애는 피의자에서 피해자로 위치가 바뀌었다. 국가는 그녀에게 벌을 내리는 대신 동정을 하는 편을 택했다. 받아들일 수 없었다. 가진 게 쥐뿔도 없는 주제에 선애가 재산을 모두 포기한 이유였다. 돈으로라도 채찍질을 맞으니 마음이 후련했다. 물론 아이들에 대한 미안한 감정은 셀프 형벌로 인한 회개와는 전혀 다른 범주의, 용서가 불가한 원죄였다.

선애가 집을 떠나며 들고 나온 건 시누의 금반지뿐이었다. 집까지 찾아와 지랄지랄을 하던 남편의 여동생은 거실 구석에 두툼한 금반지 하나를 떨어뜨리고 갔다. 24K 순금이었다. 머리채까지 잡혔는데 반지 하나 정도는 가져도 될 자격이 있겠다 싶었다. 선애는 반지를 팔아 지방에서 올라온 학생들과 고시생들 그리고 밀입국한 외국인들이 모여 사는 산동네에 방을 잡았다. 보증금과 월세가 같은, 방 안에 물탱크까지 자리

잡고 있는 저렴의 끝판왕 격인 원룸이었다. 터무니없이 값싼 방값은 꼭 목숨값처럼 느껴졌다. 자다 쥐가 나와도 할 말이 없는 방값이었지만 세면대에선 뜨거운 물이 잘만 흘렀다. 콸콸 쏟아지는 물줄기를 보며 선애는 울음을 터뜨렸다. 멈출 수가 없었다. 아이들이 보고 싶었다.

정신을 차려 보니 김 대리와 송 주임이 보이지 않았다. 다른 팀 직원들도 자리에 없기는 매한가지였다. 선애는 텅 빈 사무실 한가운데서 가방을 챙겨 일어났다. 생각해 보니 이른 퇴근을 한다 해도 딱히 갈 곳이 없었다. 매일 밤 선물처럼 찾아오는 깊은 잠은 세상에서 가장 소중한 룸메이트였다. 그럼에도 방 한가운데 물탱크가 놓인 두 평짜리 원룸엔 오늘따라 돌아가고 싶지가 않았다.

회사 바로 앞 버스 정류장엔 정차하는 버스가 많지 않았다. 지하철이나 다른 버스로 환승이 용이한 버스를 타기 위해선 두 블록 떨어진 곳에 위치한 버스 정류장을 이용해야 했다. 보통은 이용객이 거의 없는 유령 정류장이었다.

그런 회사 앞 버스 정류장에 남자 한 명이 서성이고 있었다. 자세히 보면 낯설지만 얼핏 보면 익숙한 외양이었다. 그 역시 연아처럼 다운증후군과 함께 태어난 사람이 분명했다.

남자가 기대어 서 있는 버스 정류장을 지나쳐 가던 선애가 걸음을 멈췄다. 아동학대로 경찰에 기소된 이후 다시는 낯선 이에게 말을 걸지 않겠다고 이를 악물며 다짐했는데, 굳었다고 믿었던 결심은 바람 한 줄기에 바스러질 부스러기 같은 존재였던 모양이다. 이 발에서 저 발로 중심을 이동해 가며 문자를 보내는 남자를 향해 선애가 말을 걸었다. 그는 낯선 이의 인사가 당혹스럽지도 않은지 "안녕하세요."라며 인사를 받았다. 기묘하게 높고 얇은 목소리였다.

"여기서 누구 기다려요?"

"친구, 친구 기다려요."

"누군지 물어봐도 돼요? 혹시 연아 씨인가요?"

"네."

처음 보는 여자가 어떻게 연아를 알고 있는지, 정말 아는 사람은 맞는 건지, 안다면 무슨 관계인지 그는 아무 것도 궁금하지 않은 듯 보였다. 그저 초점이 살짝 비틀어진 눈동자로 크게 고개를 끄덕이고는 다시 휴대폰으로 시선을 가져갈 뿐이었다. 남자가 들고 있는 휴대폰 화면에는 인플루언서로 보이는 예쁜 여자들이 뭉뚝한 엄지손가락을 따라 끝도 없이 등장하

고 있었다. 이따금은, 사실 이따금보다는 조금 더 잦은 빈도로
선정적인 사진들이 지나갔다.

선애가 다시 남자를 불렀다.

"연아 씨 퇴근 시간 지난 거 알고 있어요?"

"안 지났어요."

"지났어요. 사실 제가 연아 씨의……."

"용기 오빠!"

익숙한 목소리가 들려왔다. 연아였다.

선애는 당황한 표정으로 연아를 돌아보았다. 해맑은 표정
으로 달려오는 그녀의 눈에선 꿀이 뚝뚝 흘러내리고 있었다.
누가 보아도 사랑에 빠진 여자였다. 선애는 용기에게 달려가
는 연아에게 따라붙었다.

"연아 씨, 왜 지금 퇴근해요?"

"바뀌어서요."

"뭐가요?"

"퇴근 시간이요."

전해 들은 바 없는 전달 사항이었다. 요즘 외근 나가는 빈도
가 부쩍 늘어 회사에 붙어 있는 시간이 줄어들기는 했지만, 그
렇다 해도 연아는 아직 그녀의 담당이었다.

대화를 더 이어 가려는 선애를 향해 연아가 용기를 소개했다.

"용기 오빠예요."

"안녕하세요."

방금 전 인사를 나눈 걸 잊었는지 남자는 처음 보는 사람을 대하듯 선애를 향해 고개를 숙였다. 선애도 자연스레 그를 따라 다시 한번 고개를 숙이고, 아직 대화를 나눠 보기 전인 사람들인 것처럼 인사를 했다.

멀리 버스가 나타났다. 동시에 지갑을 꺼내는 걸 보니 연인인지 오빠인지 그냥 아는 사이인지 모를 남자는 연아와 같은 버스를 타는 모양이었다. 선애가 다급하게 말을 덧붙였다.

"연아 씨, 언제요? 언제부터 늦게 퇴근했어요?"

"이번 주부터요."

"앞으로 쭉 그래요?"

"이 버스 타야 돼요. 안녕히 계세요."

방금 전 남자를 소개시켜 주던 살가운 모습은 어디 가고 무관심하고 무덤덤한 연아 특유의 목소리가 뒤따랐다. 뒤도 돌아보지 않고 버스에 오르는 모습은 모르는 사람이 봐도 서운할 지경이었다. 듬성듬성 앉아 있는 사람들 사이로 후다닥 달려 들어가 자리를 잡는 연아는 승객들 중에서도 유독 눈에 띄었다. 그녀가 앉은 좌석은 위치상 분홍색 스티커가 붙은 임산부 배려석인 듯싶었지만 연아의 표정에선 일말의 망설임도 찾아볼 수가 없었다. 남자는 모르는 사이처럼 연아를 지나쳐 버스의 가장 뒷좌석을 향해 저벅저벅 걸어갔다. 회사 앞까지 찾아온 걸 보면, 또 연아의 표정을 떠올려 보면 분명 연인이겠다 싶었는데 그건 또 아닌 모양이었다.

작은 업무도 놓치고 싶지 않은 선애였다. 회사에 재계약 불발의 여지를 남기고 싶지 않았다. 스스로의 생존을 위해서라기보다는 아이들에게 양육비를 보내기 위해 누구보다 간절하게 돈이 필요한 그녀였다.

회사에 다니는 직원들은 하루 여덟 시간, 주 40시간 근무가 기본이었지만 연아의 계약서는 보통의 사람들과는 조금 달랐다. 주 5일 근무인 것까지는 같았지만 하루에 근무하는 시간이 더 적었다. 오전 8시 30분에 출근하는 연아는 오후 3시면 칼처럼 퇴근했다. 회사에서 근무하는 모든 직원을 통틀어 워라밸이 가장 좋은 사람이었다. 급여 수준을 차치하고 보면 사장이나 임원들보다도 더 나은 삶을 사는 경제인이었다.

다음 날 회사에 출근한 선애는 연아의 근무 시간 변경에 대해 정보를 줄 수 있는 사람을 찾아다녔다. 하지만 답을 줄 수 있는 사람이 아무도 없었다. 인사 팀이 따로 없는 중소기업이었다. 직원들의 채용과 연봉, 사직은 모두 임원들의 손에 달려 있었다. 당혹스러웠다. 답답한 표정이 쉬 감춰지지 않았다. 전무님은 아시지 않을까 하는 답변이 돌아왔지만 사회 통념상 사원 나부랭이가 외근 중이라는 전무에게 이런 일로 전화를 걸 수는 없는 노릇이었다.

연아의 이전 담당자였던 송 주임이 선애를 불렀다. 가끔 발생했던 일이기도 하고 별로 중요하지도 않은 일이니 신경 쓰지 않아도 된다는 설명이었다. 송 주임은 어깨를 들썩였다.

"회사 생활 하며 문제가 생기지 않도록 도와 달라는 거지, 생활 관리까지 하라는 게 아니잖아요. 저희가 사회복지사도 아니고."

맞는 말이었다. 그래서 더 할 말이 없었다. 송 주임의 말처럼 연아를 담당하라는 지시는 그저 그녀의 회사 생활을 도와주라는 의미였을 것이다. 연아가 지적장애가 있는 중증장애인인 만큼 바리스타 업무를 무사히 해내도록, 더해서 회사 운영에 걸리적거리지 않도록 최소한의 보호와 감시를 부탁한다는 뜻이었을 것이다. 선애도 모르지 않았다. 하지만 언젠가부터 연아를 볼 때마다 민서와 민준이가 떠올랐다. 인생의 마지막 행선지로 우물 바닥을 선택한 여자도, 볏짚만 슬레이트 지붕으로 바꾼 초가집에 혼자 남겨졌던 어린아이도 떠올랐다. 알고 있었다. 오지랖이었다. 그럼에도 외면하기가 힘들었다. 잘 되지가 않았다.

그날 이후 용기는 매일 회사 앞 버스 정류장 앞에 모습을 드러냈다. 선애가 퇴근하는 시간은 보통 오후 5시에서 6시 사이였는데, 그는 그 시간에 하루도 빠짐없이 버스 정류장에서 연아를 기다렸다.

그들이 인사를 나눈 횟수가 두 번이 되고 세 번이 되고 열 번이 넘어가도 용기는 선애에게 말을 걸지 않았다. 어색한 인사를 먼저 건네는 쪽은 항상 선애였다.

하지만 인사까지였다. 선애 역시 자연스레 용기와 거리를 두었다. 연아의 존재가 신경 쓰이긴 했지만 지적장애인 동료의 지적장애인 남자 친구까지 지인으로 두고 싶지는 않았다. 더 솔직히 말하자면 성인 지적장애인 남성은 그 외모와 말투만으로도 위협적이었다. 그저 인사를 주고받는 잘 모르는 관계만으로도 그녀에게는 충분했다.

그러던 어느 날, 익숙한 루틴에 틈이 벌어졌다. 용기가 '안녕하세요' 이상의 말을 꺼내고 만 것이다.

"다음 주, 생일이에요."

버스 정류장 앞을 걸어가던 선애가 걸음을 멈췄다. 당혹스럽기도, 한편으로는 반갑기도 했지만 그래서 어쩌라는 건지 감이 잘 잡히지 않았다.

"축하해요."

"연아 생일이요."

"아, 용기 씨가 아니라."

축하한다는 말과 함께 자리를 뜨려던 선애가 연아라는 이름에 다시 걸음을 멈췄다. 회사에서 파티를 준비해야 하나, 케이크라도 사야 할까, 사실 축하한다는 말이면 충분할 것 같은데, 그것도 아니면 못 들은 척 넘어가는 방법도 좋고, 하는 생각들이 동시다발적으로 떠올랐다. '그래서요?'라는 말이 튀어나오지 않은 건 단순한 배려심 때문이 아니었다. 마음속 깊은 곳에 연아의 생일을 챙겨야 한다는 의무감이 침잠했다. 물론 그건 업무적 책임감 때문일지도 몰랐다.

말을 마친 용기는 다시 휴대폰으로 시선을 가져갔다. 오늘도 그의 휴대폰 액정 속엔 예쁘고 어린, 귀엽거나 섹시한 여자들이 가득했다. 머지않아 연아의 목소리가 들려왔다. 연아는 오늘도 '선애 씨!'가 아닌 '용기 오빠!'를 외치며 버스 정류장으로 달려 나오는 중이었다.

며칠 뒤, 연아가 선애를 향해 무언가를 내밀었다. 공들여 접은 색지였다.

종이를 받아 든 선애는 고개를 갸웃했다. 평소 그녀들이 커피와 체크카드 외에 주고받은 거라고는 업무에 필요한 비품 리스트, 청소 체크 용지, 영수증 등이 전부였다. 선애가 색지를 그냥 손에 들고 있자 연아는 종이를 펼쳐 보라며 몸을 배배 꼬았다.

드득 소리와 함께 접힌 종이가 펼쳐졌다. 그를 본 선애는 입을 다물었다. 그건 생일 파티 초대장이었다.

꽃분홍 겉표지 안에 손수 잘라 붙인 듯 보이는 하얀 종이가 얼룩덜룩했다. 삐뚤빼뚤한 글씨로 쓴 '초대장. 생일 파티에 초대합니다. 박연하.'라는 글씨가 왼쪽 상단에서 자그마하게 존재감을 발했다. 눈물이 차올랐다. 민서가 좋아했던 반짝이 풀로 그린 꽃이, 민준이가 좋아했던 엠보싱 스티커가 선애의 손바닥 위에서 다시는 되돌아갈 수 없는 과거를 꿈결처럼 소환했다.

평소답지 않게 연아의 표정은 수줍었다. 또 역시나 평소답지 않게 그녀는 자신의 두 손을 만지작거리며 선애의 눈치를 살폈다. 침묵의 시간은 생각보다 길었다. 말없이 초대장을 내려다보던 선애가 한참 뒤에 입을 열었다.

"연아 씨."

"왜요."

"이름 틀렸잖아요."

"초대해요, 선애 씨. 초대하고 싶어서."

발그레한 얼굴이었다. '헤에' 하고 벌어지는 입가의 미소가 마치 갓난아기의 말간 웃음 같았다. 감당하기가 힘들었다. 결국 선애는 눈을 감고 고개를 돌리고 말았다.

그룹홈이오?

주택가였다. 경사가 상당했다. 지도 앱이 안내하는 길을 따라 구불구불한 골목을 오르던 선애가 결국 자리에 멈춰 섰다. 숨을 크게 내쉬어도 호흡이 부족했다. 장딴지가 팽팽하게 당겨 왔고, 발은 물에 젖은 솜처럼 무거웠다.

선애가 사는 원룸 역시 언덕 위에 있었지만 그 동네의 경사는 그래도 이보다는 오를 만했다. 바둑판형 구획이 되어 있는 경사지라 중간중간 평지라 부를 수 있는 골목들이 존재했다. 직선으로 쭉 뻗은 이면도로에는 부동산이나 편의점, 꽃집 같은 가게들도 있었다. 길 양쪽으로 골목 주차를 해 놓는다 해도 그 사이로 차 한 대쯤은 너끈히 지나갈 수 있었고, 숨이 차오른다 싶으면 평지가 나타나 자리에 멈춰 서지 않고 걸을 수 있게 만들어 주었다. 물론 6차선 도로가 지나는 언덕 아래에서 올려다보면 일자로 쭉 뻗은 오르막에 한숨이 나왔지만, 그래도 집까지 걸어가며 숨을 고를 수는 있는 동네였다. 다른 길이 여럿 나 있어 언덕을 오르다 중간에 멈춰 서지 않아도 되는 계획형 산동네였다.

하지만 구불구불한 골목을 따라 다세대 주택들이 줄지어 있는 이곳엔 오르막을 쉬어 갈 수 있는 평지 길이 보이지 않았다. 이쪽으로 올라가도 언덕, 저쪽으로 올라가 봐도 언덕이었다. 가끔 오르막이 아니겠다 싶은 곳이 있어 고개를 들이밀면 계단이었다. '그래도 계단보다는 언덕이 낫지'라고 생각하며 선애가 다시 걸음을 옮겼다. 지도가 정확하다면 도착지는 멀지 않은 곳에 위치했다.

잠시 뒤, 연아가 건네준 주소의 건물이 탁 트인 풍경과 함께 보이기 시작했다. 경사면에 위치한 빌라였다. 신축은 아니었지만 필로티 형식의 주차장, 그 안에 위치한 깔끔한 쓰레기 분리수거장 등이 눈에 들어왔다. 적어도 선애가 살고 있는 원룸 건물보다는 관리가 훨씬 더 잘되고 있는 듯 보였다.

빌라 안으로 들어가기 위한 별도의 보안 장치는 없었다. 선애는 작게 소리 내어 1층 현관문 앞에 붙어 있는 쪽지를 읽었다.

문 닫을 때 끝까지 잡아 주세요. 너무 시끄러워요.

어디든 사는 건 비슷비슷하구나. 사는 게 업이었다. 앞뒤로 힘차게 스윙하는 문을 꽉 움켜잡으며 선애가 건물 안으로 걸음을 옮겼다.

4층짜리 빌라의 1층이었다. 현관문 세 개가 보였다. 경사면을 따라 지어진 필로티 구조의 주차장이라고는 하나 그래도 주차 가능 대수가 세 대인 빌라였다. 그런데 한 층에 무려 세 가구라니. 집이 대체 어느 정도 크기인 건지 가늠이 되지 않았다. 103호. 문 앞에 붙은 방역안전구역, 보안 회사의 스티커가 눈에 띄었다. 자세히 보니 인터폰 위에는 작동 중인 CCTV도 있었다. 이렇게까지 해야 하나 싶은 마음에 불편함이 느껴졌다. 크게 심호흡을 한 뒤 벨을 눌렀다. 인터폰을 통해 누구냐는 목소리가 들리기도 전이었다. 벌컥 문이 열렸다.

"안녕하세요!"

씩씩한 목소리였다. 곧 자지러지는 웃음소리가 이어졌다.

"안녕하세요!"

이번엔 다른 사람이었다. 문을 열어 준 사람과 또 다른 사람이 애교가 넘치는 목소리로 선애에게 인사를 건넸다. 문이 활짝 열리지 않아 상대의 얼굴이 완전히 보이진 않았지만 그들 역시 장애가 있는 사람들인 것만큼은 확실했다. 비장애인들과는 사뭇 다른 발성, 텐션, 낯선 이를 대하는 태도 등이 발달장애인과 비장애인을 쉬 구분 짓게 만들었다.

선뜻 문을 당기지 못한 선애는 발도 떼지 못했다. 지적장애인 친구들만 가득한 연아의 생일 파티에 비장애인은 자신만 홀로 초대를 받은 거면 어떡하나 싶은 생각에 그제야 불편하고 두려운 마음이 스멀스멀 차올랐다.

그냥 발을 돌릴까 하는 데까지 생각이 미칠 즈음이었다.

"안녕하세요. 회사 동료를 초대했다더니 정말이었네요."

문을 열고 나온 건 다행히 말이 통하는 비장애인 중년 여성이었다.

"아, 안녕하세요."

"잘 오셨어요. 밖에 춥죠. 어서 들어오세요."

말이 통하는 이의 환대를 받아도 발이 떨어지지 않기는 매한가지였다. 지금이라도 선물만 건네주고 걸음을 돌리는 편이 낫겠다는 생각이 들었다. 하지만 활짝 열린 현관문 안으로 보이는 넓지 않은 거실, 그 거실 한가운데 펼쳐진 앉은뱅이 상 두 개, 상 위에 놓인 치킨과 피자, 김밥, 과자 더미 그리고 벽면을 가득 채운 커다란 TV와 그 위에 알록달록한 색지로 꾸며진 '연화 씨 생일 파티'라는 문구가 그녀의 발목을 붙들었다. '연아 생일'이 아닌 '연화 씨 생일'이었다. 의식을 한 행위는 아니었지만 선애는 자신도 모르는 사이 좁은 현관 안으로 천천히 걸음을 옮겼다.

중년 여성이 계단 아래를 향해 소리를 질렀다. 예상치 못한 복층 구조의 집이었다.

"연화 씨! 어서 올라와요! 손님 오셨어요!"

"네."

익숙한 목소리가 들려왔다. 연아였다.

단정한 정장 바지에 미색 블라우스, 카멜색 코트를 입은 선애는 여전히 현관에 서 있었다. 커피색 스타킹 양말 속 발가락에 잔뜩 힘이 들어갈 때 쯤 키 작은 여자 한 명이 선애에게 다가왔다. 그녀의 손엔 믹스커피 향을 풍기는 머그잔이 들려 있었다. 여자가 선애의 코앞으로 머그잔을 들이밀었다. 뜨거운 물을 얼마나 부은 건지 황갈색 믹스커피는 가히 한강이었다.

키 작은 여자가 선애를 향해 머그잔을 들이미는 광경을 목격한 중년 여성이 그녀를 단호하게 나무랐다. 꾸지람을 들은 여자는 멍한 표정으로 "네, 네." 하는 대답만을 반복했다. 그녀는 연아처럼 다운증후군을 갖고 있는 것 같았고, 더 심한 장애를 앓고 있는 것처럼도 보였다.

"지안 씨, 또 이러면 어떡해요."

"커피 타 주고 싶어서요."

"상대한테 마시고 싶은지 먼저 물어봐야 한다고 했잖아요."

지안 씨라 불린 여자는 말이 없었다. 그녀는 혼란스러워 보였다. 중년 여성이 고개를 내밀어 머그잔 안을 들여다보았다. 머그잔을 확인한 여성은 다시 한번 지안을 나무랐다.

"아이고, 물을 이렇게까지 많이 타면 안 된다고 알려 줬잖아요. 몇 번, 아니 수십 번 수백 번 얘기했잖아요."

그에 컵을 든 지안의 손이 떨리기 시작했다. 선애는 가방을 바닥에 내려놓고 머그잔을 받아들었다.

"아니에요. 저 커피 좋아해요. 고맙습니다. 잘 마실게요."

"히히. 좋아해요."

그 순간 지안이 선애에게 달려들었다. 그녀는 처음 보는 선애의 허리를 힘껏 껴안았다. 그와 동시에 선애의 손에 든 머그잔이 크게 출렁였고, 뜨거운 커피가 절반 이상 바닥에 쏟아지고 말았다. 순식간에 벌어진 일이었다. 모두가 놀랐지만 누구보다 놀란 사람은 지안 본인이었다. 서둘러 선애의 몸에서 떨어진 그녀가 뒤뚱거리며 수건을 들고 왔다. 바닥을 닦아도 되나 싶은 고급 수건이었다.

중년 여성이 한 손으로 이마를 짚으며 고개를 흔들었다.

"매일 이 사달이네요. 요즘엔 그래도 많이 좋아졌는데 낯선 사람이 집에 와서 기분이 좋은가 봐요. 지안 씨, 그건 지안 씨 얼굴 닦는 수건이잖아요. 하얀 수건 말고 일단 휴지 가져와 봐요. 물티슈랑. 혹시 다치진 않으셨어요?"

"저는 괜찮습니다. 혹시 연아 씨 어머님 되시는⋯⋯."

선애가 채 말을 마치기도 전이었다. 바닥에 쪼그려 앉아 쏟아진 커피를 닦던 여성이 당혹스럽다는 표정으로 선애를 올려다보았다. 그녀는 소리 내어 웃으며 손을 내저었다.

"아이고, 아무 것도 못 들으셨구나. 저는 여기서 일하는 사회복지사예요. 연화 씨! 빨리빨리 안 올라오고 뭐 해요!"

사회복지사가 다시 한번 아래층을 향해 소리를 질렀다. 출입구에선 지층이었으나 사실상 1층이나 다름없는 아래층이었다. 연아의 대답이 들려왔다. 역시나 목에 잔뜩 힘을 준 커다란 발성이었다.

"올라가요!"

회사에서나 집에서나 느릿느릿하고 여유로운 성격은 똑같은 모양이었다. 사회복지사가 얼마나 속이 터질지 겪어 보지 않았어도 알 것 같았다.

잠시 뒤, 계단을 오르는 발소리가 들려왔다. 연아였다. 사람을 집에 초대한 사람치고는 꽤나 덤덤한 표정이었다. 가스 점검 나온 직원을 대하듯 연아가 선애에게 인사를 건넸다.

"안녕하세요."

"손님을 초대했으면 미리미리 올라와서 준비도 좀 같이 하고, 청소도 다시 한번 하고 그러면 좋잖아요. 아침부터 선애 씨 온다고 그렇게 달달 볶았으면서 뭐 하다 이제야 올라와요?"

"연아 씨가 제 이야기 많이 했어요?"

"조금요."

"아이고, 말도 마세요. 퇴근하면 매일 선애 씨, 선애 씨. 아주 노래를 부른다니까요."

"하지 마세요."

그만하라며 사회복지사를 말리는 그녀는 불쾌하다기보다

는 민망하다는 표정이었다. 살짝 일그러진 미소는 지금 일어난 상황이 익숙하지 않은 사람처럼 보였다. 그에 반해 사회복지사는 이런 상황을 수도 없이 겪어 본 베테랑이 분명했다. 그녀는 능숙하게 사람들을 한자리에 불러 모으고 선애로부터 옷과 가방을 받아 들었다. 테이블에 둘러앉은 사람은 선애, 사회복지사, 그리고 연아를 포함한 발달장애인 네 명이 전부였다. 곧이어 음정 박자 모두가 엉망진창인 생일 축하 노래가 시작되었고, 노래가 끝남과 동시에 식사가 시작되었다. 대부분이 배달 음식이었지만 사이사이 잡채, 갈비 등 손이 많이 가는 명절 음식들도 눈에 띄었다.

부엌에는 아직 치우지 못한 커다란 압력솥이 놓여 있었다. 이 정도 양이면 적어도 어젯밤부터는 준비해야 했을 텐데, 하는 생각을 하며 선애가 갈비를 집어 들었다.

"잡채랑 갈비 직접 다 하신 거예요?"

"매번은 못 해 주는데 그래도 크게 일 없을 땐 해 주려고 해요. 사 먹는 음식이 더 맛있을 수도 있겠지만, 그래도 집밥의 정성이라는 게 있잖아요."

"대단하세요. 연아 씨 친구들 온다고 새벽부터 준비하신 거잖아요."

"아이고, 아니에요. 이분들 다 여기 거주인들이에요. 1층은 거실하고 부엌, 업무 공간으로 사용하고 아래층은 생활 공간으로 사용해요. 복층이라 매일 오르락내리락해야 하지만 그래도 화장실이 층마다 하나씩 있어 크게 불편한 건 없어요. 오히려 공간이 분리되어 있어서 저는 더 좋아요. 아래층도 꽤 쾌적하거든요. 장부에 등록된 건 지층이지만 방마다 창문으로 해 잘 들어오는, 사실상 1층이에요."

선애는 갈비를 천천히 씹었다. 시중에서 파는 밀키트와는 달리 심심하게 간이 된 갈비였다. 정성과 시간이 가득 밴 음식을 맛보며 선애는 거주인들을 둘러보았다. 조금씩 느릿느릿 음식을 먹는 연아는 깔끔하게 식사 중이었지만 개인 접시에 자꾸만 음식들을 쌓아 놓는 여자, 콜라를 벌써 2리터 가까이 마신 여자, 입 주변은 물론 머리카락과 옷에까지 온통 음식 범벅인 지안까지. 눈을 씻고 찾아봐도 식사 예절이라고는 배운 적 없는 사람들뿐이었다. 선애는 식사를 하다 말고 조용히 젓가락을 내려놓았다. 피자를 먹고 자꾸만 손을 옷에 닦아 혼이 나던 민서, 치킨을 세상에서 제일 좋아하던 민준이가 떠올라 음식이 목으로 넘어가지 않았다.

눈치를 보던 사회복지사가 지안을 나무랐다.

"지안 씨, 음식을 그렇게 먹으면 어떡해요. 깨끗하게 먹어야 한다고 했잖아요. 어머, 어머, 나영 씨. 지금 같이 먹는 갈비국물에 먹던 피자를 찍은 거예요? 세상에, 못살아. 죄송해요. 저희가 이렇게 살아요."

"아니에요. 너무 맛있게 잘 먹었어요. 그럼 평소에도 식사는 직접 차려 주시는 거예요?"

"보통은 이 아가씨들이 직접 해요. 여긴 그런 거 연습하려고 생긴 곳이거든요. 그래도 라면이나 떡볶이 같은 건 꽤 잘하는데 갈비찜이나 잡채는 아이고, 생각만 해도 갈 길이 구만리네요. 쌀 씻고 밥 안치는 거 배우는 데만도 반년 넘게 걸렸다고 들었거든요."

"반년이요?"

"용기 오빠. 용기 오빠 좋아서요."

식사를 하던 연아가 갑자기 용기를 찾으며 사회복지사를 불렀다. 사회복지사는 어쩔 수 없다는 표정으로 어깨를 들썩였다.

"그쪽 그룹홈에 오늘 프로그램이 있다고 했잖아요, 연화 씨. 용기 씨 제주도 가서 못 온다고 벌써 몇 번이나 말해 줬는데."

아무 것도 묻지 않았지만 사회복지사는 선애를 향해 눈치껏 설명을 늘어놓았다.

"정용기 씨라고, 다른 그룹홈에 사는 남자분이 하나 있어요. 그분도 지적장애인. 거기는 남자 그룹홈인데 시설이 아주 좋아요. 여기 오는 길에 있는 신축 아파트 하나 보셨죠? 거기예요."

"저, 그분 알아요. 연아 씨 남자 친구분이시죠?"

그 말을 들은 사회복지사는 연아를 흘끔 쳐다보았다. 그러고는 손으로 입을 가린 채 들릴락 말락 한 목소리로 속삭였다.

"사실 연화 씨 혼자 좋아하는 거예요. 둘이 좋아한다, 사귄다 하는데 그쪽 복지사님 말 들어 보면 그분은 데면데면하대요. 사귄다는 말도 그랬다고 했다 아니라고 했다 왔다 갔다 하고. 그에 반해 우리 연화 씨는 아주 열정이 넘쳐요. 사랑둥이야, 사랑둥이!"

사랑둥이라는 단어만큼은 생일상에 둘러앉은 모두가 들을 수 있을 만큼 크고 선명했다. 사랑이라는 단어에 연아의 얼굴이 발그레해졌다. 옆에 앉아 있던 지안은 음식을 씹다 말고 입을 크게 벌리고 몸을 배배 꼬았다. 발그레함을 넘어 폭발할 것 같은 얼굴로는 "으으, 이이." 하는 이상한 소리도 냈다.

옆에 앉아 있던 다른 여자가 그런 지안을 지적했다. 콜라를 2리터 넘게 마신 여자였다. 외모만 놓고 보면 그녀는 지적장애인처럼 보이지 않았다. 이곳이 아닌 다른 장소에서 만났다면 장애가 있다고는 생각하지 못할 정도로 평범한 얼굴에 분명한 발음을 사용하는 사람이었다.

하지만 잠시 뒤 그녀의 입에서 트림이 튀어나오자 상황은 반전되었다. 연아와 지안, 나영은 하나같이 코를 부여잡으며 냄새가 난다는 몸짓을 취했다. 사회복지사 선생님까지 그녀를 나무라자 테이블은 곧 웃음소리로 뒤덮였다. 도대체 어느 포인트에서 웃음이 터진 건지 공감할 수 없었지만 그럼에도 선애는 미소를 지었다. 이곳은 그녀들의 왕국이었다. 그녀들이 웃음을 터뜨린다면 함께 웃어 줘야 인지상정인, 하나의 섬이었다.

한바탕 폭소가 지나가고 적막이 찾아들었다. 장애 여성들은 다시 식사를 시작했고, 선애도 자연스레 젓가락을 들었다. 그러다 눈앞에 있는 색지가 눈에 들어왔다. '연화 씨 생일 파티'라는 문구가 적혀 있는 종이였다.

연아와 사회복지사 사이에서 고민을 하던 선애가 사회복지사를 향해 물었다.

"선생님, 저 무엇 좀 여쭤봐도 되나요?"

"그럼요. 뭐든지 물어보세요."

"저기 연화 씨라고 적혀 있는데요. 연아 씨 이름, 박연아 아닌가요?"

"어머, 회사에서는 이름 다르게 쓴다더니. 정말이었어요, 연화 씨?"

"안 좋아요."

연화라는 이름을 들은 연아가 젓가락을 내려놓았다. 선애가 조심스레 물었다.

"뭐가요?"

"연화 안 좋아요. 연아예요, 박연아."

사실 연화나 연아나 연아의 발음으로는 모두 연하처럼 들렸다. 하지만 그녀는 한 글자 한 글자에 힘을 주어 자신의 이름을 또박또박 발음하려 애썼다. 그 말을 들은 사회복지사가 연아의 서류상 이름은 연화라며 고개를 가로저었다. "연화라는 이름도 예뻐요."라고 선애가 말해 보았지만 무용지물이었다. 연아의 표정이 곧 울음을 터뜨릴 것 같은 얼굴로 바뀌었다. 무엇이 저토록 진절머리가 나는 건지, 이곳이 평범한 가정집이 아닌 그룹홈이라는 사실을 잊을 정도로 궁금했다.

다행히 연아는 곧 기분이 풀린 듯 보였다. 그럼에도 사회복지사는 자리에서 조용히 일어나 TV에 붙여 놓았던 색지들을 모두 떼어 냈다. 심란해 보이는 그녀의 뒷모습을 지켜보던 선애는 마음이 한없이 쪼그라들고 납작해지는 걸 느꼈다.

순간 환청이 들렸다. 여기에 앉아 잠깐만 기다리라는 엄마의 목소리였다. 잊고 있던 목소리가 들리자 선애는 가위에 눌린 듯 앉은 자리에서 한 발짝도 꿈쩍할 수 없었다. 갑자기 숨이 쉬어지지 않았다.

다섯 살
연아의
그 봄

"그러니까 어쩌라는 거냐고. 쟤만, 아픈 애만 집에 두고 일을 나가라는 거야? 아니다, 아니야. 그냥 구걸을 할게. 사람들 많이 다니는 지하철 입구에 쪼그리고 앉아 우리 애 병원비가 필요해요, 한 푼만 줍쇼, 이러면서 구걸이라도."

"낳자고 한 건 내가 아니라 너였어. 책임을 지겠다고 말한 사람도 너였고. 그냥 지우자고 했더니 그래도 낳자며. 네가 네 입으로 그래도 키우겠다며?"

"그땐 의심이 된다고만 했지 다운이 확실하다고 한 건 아니었으니까."

"가능성이 있다고 해서 지워 버리자고 했더니 돈 든다고 추가 검사 하기 싫다며. 왜, 이제 오니 후회가 돼?"

"너 같은 인간이 그러고도 아빠니? 고위험군이 아니어서 추가 검사 필요 없다고 한 건 병원이었고, 그땐 너도 돈 굳었다고 좋아했잖아."

"그 결과가 이럴 줄 몰랐지. 설마 애가 진짜 장애인으로 태어날 줄도 몰랐고. 돈이 이렇게까지 들어갈 줄은 누가 알았겠냐? 그래. 물론 사랑해. 내 핏줄, 내 자식인데 어떻게 사랑하지 않을 수 있겠어. 하지만 미술치료, 심리치료, 언어치료, 그놈의 치료, 치료! 비싼 돈 내고 치료받는다고 쟤가 나아지냐? 그런다고 사람 구실 하면서 살 수 있을 거 같아? 그 돈 있으면 우리 정식이 유치원이라도 제대로 보내겠다. 아니다. 빚부터 갚아야지. 이번 달 못 막으면 우리 사채 써야 돼. 파산이라고!"

"어떡하라고! 그리고 말 똑바로 해. 돈이 생기면 빚을 갚는 게 아니라 수술 날짜부터 잡아야지. 더 늦기 전에 심장 수술 필요하다는 말, 너도 같이 들었잖아?"

"미치겠다, 정말. 애 엄마가 상황 파악이 그렇게까지 안 돼서 어떡하냐? 사랑하는 우리 딸, 에라이, 아직도 멀쩡한 우리 딸! 그 딸 심장 수술 하는 날엔 우린 파산이야. 아니, 당장 다음 달 먹고살 돈도 없어서 네 식구 길바닥에 나앉을 판에 지금 무슨 얘기를 하는 거야? 애는 시설에 맡기고 너부터 나가서 돈 벌어 와. 설거지를 하든가 가정부로 들어가든가 단돈 몇만 원이라도 벌어 오란 말이야. 그래, 내가 죽일 놈이지. 죽일 놈이야. 무능력해서 미안한데, 아픈 자식 키우면서 돈도 많이 못 버는 내 자신이 혐오스러워 오늘이라도 죽고 싶을 만큼 한심한데, 그런데 여보, 정신 차려. 우린 이제 대출도 안 돼. 멀쩡한 자식 하나라도 제대로 키워 봐야지. 정식이 내년이면 학교도 들어가. 이성적으로 생각 좀 하자, 우리. 제발."

"그래서 엄마 아빠 멀쩡히 있는 애를 시설에 맡기고 일을 하라고? 자기야, 그럼 내가 나가서 돈 벌어 올 테니 아버님 어머님한테 한 번만 더 부탁해 보자. 아니, 형님한테 가서 빌자. 돈 좀 빌려 달라고. 나중에 꼭 갚겠다고."

"그건 이미 끝난 얘기잖아. 쟤 시설에 보내고 당신은 당장 일부터 구해. 뭐라도 해서 이제 사람답게 좀 살아 보자!"

"답답해. 너무 답답해. 넌 네 새끼 버리고도 두 발 뻗고 잘 수 있을 거 같아? 아버님 어머님도 진짜 그러시는 거 아니야. 우리 집 사정 뻔히 아시면서 어떻게 형님한테만 증여를 해?"

"그만해라, 진짜. 그렇게 어른들한테 손 벌리고 싶으면 장모님한테 부탁하면 되겠네. 그래, 우리 엄마 말고 너희 엄마한테 부탁하자."

"이렇게 나올래? 우리 엄만 치매잖아! 사정 다 아는 사람이 어쩜 이렇게 잔인하니? 너나 너희 집 사람들이나 다 징글징글 해. 그래도 당신들 핏줄인데 장애 있는 손녀딸 낳았다고 며느 리를 못 잡아먹어서 아주 안달이시지."

"아 씨, 우리 부모님 얘기는 그만 꺼내라고!"

흔한 부부 싸움이었다. 그리고 흔했던 폭력이었다. 스스로 화를 이기지 못한 남자는 여자의 몸에 손을 댔다. 벽에 한 번, 베란다 창문에 한 번 몸을 부딪힌 여자는 반격 한 번을 제대로 못 해 보고 바닥에 쓰러졌다. 이마가 찢어져 눈두덩이에 핏물 이 흐르는 여자의 시야에 아이들이 들어왔다. 아이들은 빠끔 열린 방문 뒤에서 바들바들 떨고 있었다. 기워 입은 내복 차림 으로 잔뜩 얼어붙은 둘째를 역시나 구멍 난 내복을 입은 두 살 터울 첫째가 끌어안았다. 헛웃음이 났다. 여자는 소리 죽여 울 음을 터뜨렸다.

열 달을 품고 있던 아이에게 장애가 있었다. 남들과 조금 다 른 생김새를 갖고 태어난 아이는 자신을 바라보는 어른들의 속도 모르고 힘찬 울음을 터뜨리며 세상에 나왔다.

아이를 처음 본 시부모는 한숨을 쉬며 등을 돌렸다. 장인

장모는 죄인이라도 된 양 고개를 들지 못했다. 남자는 연거푸 마른세수를 하며 머리를 쥐어뜯었고, 여자는 아이에게서 고개를 돌리고 눈물만 흘렸다. 갓 태어난 아이를 향해 웃어 준 사람은 두 살 터울의 첫째뿐이었다. 여자가 등지고 누운 요람 바로 옆에서 첫째는 두 살 어린 여동생의 손을 슬며시 감싸 쥐었다.

아이는 그런 첫째의 작은 손가락을 아플 정도로 힘주어 잡았다. 말간 침을 흘리며 방긋 미소도 지었다. 그러다 웃음소리가 집 안에 퍼져 버렸다. 순간 묘한 긴장감이 거실에 가득 차올랐다. 잠시 후, 황갈색 양철 현관문이 쿵 소리와 함께 닫혔고, 큰 소리에 잔뜩 얼어붙은 첫째가 동생의 요람에서 한 걸음 뒤로 물러섰다. 어쩌면 남자는 이제 집에 돌아오지 않을지도 모른다. 억울했다. 잠든 척 이불을 뒤집어쓰고 있던 여자가 다시 눈물을 쏟아 냈다.

사실 장애를 갖고 태어난 아이에게도 그런 아이를 낳은 여자와 남자에게도 아무런 잘못은 없었다. 다만 장애아를 키워 내야 할 20대 어린 부부는 돈이 없었다. 국가나 사회로부터 지원을 기대하기에 90년대는 아직 적절하지 않은 시대였다. 잘못된 장소, 잘못된 시간, 잘못된 부모를 만나게 했다는 자책에 여자는 가슴을 움켜쥐었다. 화를 이기지 못해 여자에게 손을 올렸던 남자도 억장이 무너지기는 마찬가지였다. 그는 어렵게 끊은 담배를 다시 피우기 시작했다. 안주도 없이 빈속에 소주를 들이부었다. 그러다 필름이 끊기는 날엔 화과자나 붕어빵, 트럭 치킨 등을 면죄부처럼 가슴에 품고 집에 들어가 자식들 앞에 무릎을 꿇었다.

어렸던 그들은 도움이 절실했지만 방법을 알지 못했다. 생활정보지에서 일자리를 찾고 공중전화로 전화를 걸던 시절이었다. 장애아가 태어난 집에 도움을 줄 수 있는 이를 찾는 방법은 두 발로 직접 뛰어다는 행위만이 사실상 유일했다. 하나 있는 비빌 언덕이었던 집안 어른들은 다운증후군 아이가 태어났다는 사실을 주변에 함구했다. 용돈을 드리기보다 손 벌리는 일이 잦아지는 젊은 부부를 온갖 방법으로 외면했다. 추억 보정 없는 과거는 언제나 현재보다 잔인하다. 시대가 그러했다. 여자에게도, 남자에게도, 아이에게도 동아줄 따위는 내려오지 않았다. 눈을 씻고 찾아봐도 썩은 동아줄조차 보이지 않았다.

다운증후군을 갖고 태어난 아이들 중 절반 정도에게는 심장 수술이 필요하다. 여자와 남자 사이에서 태어난 둘째 역시 수술이 필요했다. 하지만 젊은 부부는 애써 현실을 부정했다. 대학병원까지 갈 돈이 없었다. 그저 오늘 하루가 무사히 지나가기만을 간절히 기도하며 실제 이가 상할 정도로 어금니를 악물었다.

어느 순간부터였는지는 알 수 없었다. 여자는 아이가 아프면 오히려 마음이 평온해지는 걸 느꼈다. 표면적 마음은 괴로웠지만 저 아래 깊은 속마음은 통쾌한 해방감을 느꼈다. 그 때문인지 아이가 열이 오르거나 숨을 헐떡이는 날엔 병원을 찾기보단 찬장 문을 열었다. 자주 닦지 못해 끈적끈적해진 접시 뒤로는 낡은 비닐에 쌓여 있는 번개탄이 놓여 있었다.

신기한 일은 떨리는 손으로 번개탄을 꺼내는 날마다 발생했다. 아이가 누운 작은 요 옆에 비닐 포장이 된 번개탄을 놓고 잠이 들면 아이는 다음 날 거짓말처럼 건강을 회복했다. 아무리 용한 무속인이라도 이보다 효과가 좋은 부적을 써 줄 수는 없을 터였다. 오늘도 건강해진 아이를 보며 여자는 무릎을 꿇었다. 엄마를 향해 뻗는 아기의 손을 차마 잡을 염치가 없었다. 용서해 주세요. 용서해 주세요. 용서해 주세요. 용서해 주

세요. 용서해 주세요. 용서하지 마세요. 용서하면, 용서가 된다면, 혹시라도 용서를 받을 수 있는 거라면, 그러면 안 되는 거잖아요.

외환 위기가 터졌다. 대형 건설사의 하청업체에 다니던 남자는 회사의 부도로 하루아침에 일자리를 잃었다. 나라가 망했다는 곡소리가 여기저기서 터져 나왔고, 수입이 없어진 여자와 남자는 옷깃만 스친 사람에게도 돈을 빌려 달라고 앓는 소리를 했다. 불행 중 다행은 대출을 받았던 은행들까지도 부도가 났다는 것이었는데, 그렇게 되면 부채가 그냥 사라지는 건지, 그럼에도 누군가에게 끝까지 돈을 갚아야 하는 건지는 알 수가 없었다. 확실한 건 먹고 죽을 돈조차 없는 상황에서도 아이들은 콩나물처럼 무럭무럭 자란다는 사실이었다. 냉난방을 포기하고 가르치는 걸 멈춰도 밥은 먹여야 했다. 배 아파 낳은 자식새끼들을 굶기지 않는 건 어떤 상황에서도 부모라는 존재가 포기하지 말아야 할 최소한의 의무였다.

그럼에도 갚을 돈은 태산인데 돈 들어올 구멍은 보이지 않았다. 받을 돈 있는 사람들이 깡패를 고용해 학교 앞에 봉고차를 세워 놓고 대기한다는 소문이 발 없는 말을 타고 천리를 떠돌던 시절이었다. 도시 괴담 같은 소문을 들은 여자와 남자는 등골이 서늘해 날이 더워도 늘 긴팔을 입고 다녔다. 그리고 첫째가 다니는 어린이집 앞에서 낯선 봉고차를 발견한 날, 그들은 아이들을 들쳐 업고 야반도주를 했다. 팔 수 있는 물건들은 모두 팔아 현금으로 바꿨고, 커다란 보따리에 짐을 꾸려 길을 떠났다. 새천년이 코앞이라는데 그들의 손에 들린 건 해지기 일보 직전의 보따리였다. 캐리어도, 가방도 아닌 무려 네모난 천 쪼가리였다.

여자는 해맑게 웃으며 프리마를 먹겠다고 떼쓰는 딸아이를 가만히 바라보았다. 모두가 대놓고 말하는 것처럼 가세가 이렇게까지 기울어진 가장 큰 원인은 바로 이 아이였다. 다운증후군을 안고 태어난 아이에게 미안하다가, 화가 나다가, 속상하다가, 결국엔 아이가 꼴도 보기 싫어지는 날들이 늘어 갔다. 아이에게 매몰찬 말을 뱉는 날도, 남자가 여자에게 하듯 아이에게 손찌검을 하는 날도, 그러다 문득 정신을 차리고 아이를 꽉 껴안고 사과하는 날까지도 함께 늘어났다. 이런 상황을 버텨야 한다는 현실 자체가 고통이었다. 속도 모르고 뻐끔 뻐끔 입을 벌리는 자식 놈들이 가슴을 짓누르는 돌덩이보다 버겁게 느껴졌다.

여자가 결단을 내리게 된 건 형님의 한마디 때문이었다. 시부모의 집과 땅을 모두 상속받은 그들 부부는 언 발에 오줌을 누듯 찔끔찔끔 동생 부부를 도와주었다. 그러던 어느 날, 형님이 다급하게 여자의 집을 찾았다.

그녀는 여자가 신장을 팔려고 한다는 소문을 들었다고 했다. 얼굴까지 퉁퉁 부어 눈물을 흘리던 형님은 여자의 앞에 신문지에 싼 돈다발을 내밀었다. 의문이 가득한 여자의 표정에는 남편 몰래 적금을 깨서 들고 왔다는 설명이 따라붙었다.

"불쌍해서 어뜩하니."

"괜찮아요."

"불쌍해서 어뜩해."

"다 저희 팔자죠."

"동서랑 서방님 말고 정식이 말이야. 나는 정식이 볼 때마다 그렇게 눈물이 난다. 아직 학교도 못 들어간 애가 벌써 애 어른이 다 되었어."

아, 정식이.

평소에도 매일 부르는 큰아들의 이름이었다. 보통은 지쳐 있거나 짜증이 났거나 화가 난 채로 부르는 이름이었다. 타인의 입을 통해 그 이름이 들리자 여자는 머리에 번개가 내리 꽂히는 기분을 느꼈다. 장애가 있는 딸에게 집중하느라 어제도 치이고 오늘도 잊히고 내일도 혼자 견딜, 우리 정식이. 큰 애라고는 해도 정식이 역시 아직 어린아이였다. 부모들 모두가 집을 비우면 작은 고사리손으로 반찬을 꺼내 동생 밥을 챙기는 그 아이는, 이제 고작 만 여섯 살이었다. 다운증후군이 있는 동생의 등장에 가슴속 깊이 묻혀 버렸던 아들의 이름이 '불쌍'이란 단어와 함께 들리자 여자는 더 이상 현재의 상황을 견딜 수 없었다. 조금 더 적확히 말하면 지금의 자신을 견딜 수 없었다. 꽉 쥔 주먹으로 가슴을 내리쳐 보았지만 답답함은 가시지 않았다. 발작이 인 듯 멈추지 못하는 여자의 주먹을 형님이 힘주어 붙들어 잡았다. 여자의 주먹에서 피가 흐르고 있었다. 강제로 손바닥을 펴자 마구잡이로 찍힌 손톱자국들이 보였다. 핏물은 멈추지 않고 흘렀다. 손금이 보이지 않을 정도였다.

두 여자는 한참을 부둥켜안고 소리 내어 울었다. 하늘이 맑았다. 부지깽이를 땅에 꽂아도 싹이 난다는 청명이었다.

산길은 푸르렀다. 새들이 지저귀는 소리, 바람 한 줄기에 나뭇잎들이 서로 부딪치는 소리가 흙먼지 이는 좁은 길에 가득했다. 멀리서 물 흐르는 소리가 들려왔다. 붉은 에나멜 구두를 신은 어린아이가 우뚝 자리에 멈춰 섰다. 반짝이던 구두는 흙먼지에 뒤덮여 뽀얗게 변해 있었다.

여자가 아이를 내려다보았다. 아이는 작은 입을 오물거렸다.

"어마."

"다 왔어. 조금만 힘내자."

"아바. 오바."

"아빠랑 오빠는 저 위에서 기다리고 있어. 조금만 더 가자. 가서 삼겹살도 먹고, 솜사탕도 먹고 그러자."

"네에."

음식 이야기가 나오자 아이가 활짝 웃으며 고개를 끄덕였다. 꺄르르, 티 없이 맑은 웃음이 고요한 산길을 가득 채웠다.

이제 겨우 다섯 살짜리가 제일 좋아하는 음식이 삼겹살이었다. 그 다음으로 좋아하는 음식은 아직 한 번도 먹어 본 적 없는 솜사탕이었다. 여리고 어린 것은 노릇노릇하게 구운 삼겹살을 가위로 잘게 잘라 주면 선홍빛 잇몸이 보일 정도로 활짝 웃으며 오물오물 고기를 씹어 먹었다. 한동안은 구경도 하지 못했던 고기를 먹으러 가는 날이라는 말에 아이는 자리에서 펄쩍펄쩍 뛰며 소리를 질렀다.

아이의 입가에 침이 흘렀다. 여자는 주머니에 있던 잔꽃 무늬 손수건을 꺼내 입가를 닦아 주고선 자신의 손바닥보다도 작은 손에 손수건을 꼭 쥐여 주었다. 이제 지저분하면 안 돼. 더 많이 신경 써야 돼. 혼잣말이라고 생각했는데, 아이가 고개를 끄덕거렸다. 식은땀이 흘렀다. 아이의 손을 잡은 손이 불쾌할 정도로 미끈거렸다. 땀을 닦기 위해 손을 놓으려 할 때였다. 작은 손이 여자의 손을 힘주어 그러잡았다. 찌릿한 통증이 느껴질 정도로 강한 악력이었다.

모녀는 그렇게 수십 분을 더 걸었다. 등산로라고도, 비포장 도로라고도 부를 수 있는 오르막길이었다. 길의 막다른 곳엔 소담한 일주문이 그들을 기다리고 있었다. 천천히 걷는 속도를 줄여 가던 여자가 결국 자리에 멈춰 섰다. 그녀는 낡은 현판을 올려다보았다. 아이가 여자를 따라 걸음을 멈췄다.

오랜 시간 침묵을 지키던 여자가 어렵게 입을 뗐다.

"있잖아. 엄마가 뭐 놓고 왔다. 어떡하지?"

"갠차나."

괜찮다.

괜찮다.

괜찮지 않다.

괜찮다.

아이는 엄마의 손을 더 힘주어 붙들었다. 여자는 그러한 아이를 일주문 앞의 야트막한 계단으로 억지로 끌고 갔다. 손을 놓으려 손을 펼쳤지만 아이는 힘주어 붙든 여자의 손을 놓지 않았다. 여자는 결국 작은 손을 강제로 떼어 냈다. 그녀는 아이의 양팔을 꽉 붙들고 계단에 눌러 앉혔다.

"금방 올게."

아이는 멍한 표정으로 여자를 올려다보았다. 평소에는 잘 느끼지 못했던, 하지만 누가 보아도 다운증후군 아이들만이 갖고 있는 특유의 표정이었다.

고개를 돌리려던 여자의 시야에 붉은빛 에나멜 구두가 스쳤다. 새 구두가 온통 먼지투성이였다. 여자는 자리에 그대로 앉아 무릎을 꿇고 맨손으로 아이의 구두를 닦기 시작했다. 더러워지는 엄마의 손을 본 아이가 손에 쥐고 있던 손수건을 내밀었다.

여자는 고개를 가로저었다.

"아니야. 엄마는 손수건 없어도 돼. 괜찮아. 엄마는……"

말을 온전히 끝맺기란 애초부터 불가능한 일이었다.

아이의 구두에 입을 맞춘 여자가 다급히 몸을 일으켰다. 산길을 내려가는 두 발엔 아무런 감각도 느껴지지 않았다. '금방 올게'라는 말은 더 이상 나오지 않았다. 진담도 거짓도 아닌 그 말은 목구멍 깊은 곳에 단단히 붙들려 불구덩이에 빠진 것처럼 속을 헤집었다. 아이에게 아무런 약속도 해 줄 수가 없었다.

산 밑으로 내려가는 여자는 소리 내어 울지 못했다. 울음소리를 냈다간 아이가 슬퍼할까 봐, 사실은 쫓아올까 봐 그러지 못했다. 그럴 수 없었다. 그저 많이 그립지 않기만을 간절히 바랐다.

스님이 아이를 발견한 건 여자가 일주문 앞을 떠나고도 수십 분이 지난 뒤였다. 다섯 살 정도 되어 보이는 아이는 잔꽃 무늬가 수놓인 손수건을 두 손에 꼭 쥐고 있었다. 왜 혼자 여기 있느냐, 부모는 어디 있느냐는 질문에 아이는 답을 하지 못했다. 가끔 "에."라는 답을 하거나 고개를 갸웃거리기는 했지만 의사소통은 불가능했다. 그건 장애가 없는 아이어도 마찬가지였겠지만 초점이 맞지 않는 눈, 반쯤 벌어진 입은 보는 이로 하여금 예측 가능한 이야기를 상상하게 만들었다. 스님은 단박에 상황을 이해했다.

소식을 들은 비구니 한 명이 버선발로 뛰어나왔다. 나이 든 비구니는 아이 앞에 쭈그리고 앉아 조심스레 눈높이를 맞췄다. 해가 지는데도 아이는 앉은자리에서 꿈쩍을 않고 버티는 중이었다. 비구니가 아이의 손을 부드럽게 어루만졌다.

"아가, 들어가자."

별말도 아니었는데, 그저 모르는 여자의 목소리였는데, 아이의 눈에 눈물이 차올랐다. 알고 있었다. 엄마가 뒤돌아선 순간, 아니 엄마가 손수건을 건네주던 순간, 아니 엄마와 손을 잡고 산을 오르던 순간, 아니 엄마와 둘만 나서는데도 아빠가 외면하던 순간, 아니 양말도 기워 신는 엄마가 새 옷과 새 구두를 사 왔던 순간, 알고 있었다. 사실은 그것도 아니, 아빠에게 얻어맞은 엄마가 바닥에 쓰러져 자신을 바라보았던 그 순간 아이는 이미 알고 있었다. 마지막이다. 아니, 마지막이 아니다. 아니, 나는 이제 엄마가 없다. 아니, 사실 엄마가 있다. 아니, 엄마는 떠나 버렸다. 아니, 엄마는 돌아올 테다.

보고 싶었다. 그저 한 번만 더 엄마의 얼굴을 보고 싶었다.

부모가 없는
성인 발달장애인에게
가족이란

"절에서 발견되었대요. 지 자식을 버리다니 참 독하죠. 하긴, 애 버린 사람 속도 말은 아니었을 거예요. 썩어 문드러졌겠지."

이해할 수 있었다. 하지만 이해할 수 없었다. 따뜻한 차 한 잔을 앞에 두고 담담하게 말을 잇는 사회복지사는 이런 이야기가 아무렇지도 않은 모양이었다. 어느 날 갑자기 절 앞에서 발견되었다는 연아의 이야기는 생각보다 흔한 사연이라고 했다. 거짓말. 열 달을 품다 낳은 아이를 포기하는 일이 그렇게 쉬운 줄 아나. 표정에서 마음을 읽었는지 사회복지사는 쓸쓸한 미소를 지으며 고개를 가로저었다. 지금도 한 해에 백 단위의 장애 아동들이 가족으로부터 버림받고 있다는 말이었다.

거짓말. 그깟 장애가 뭐라고 애를 버려, 애를. 하지만 그런 생각도 잠시, 선애는 곧 고개를 숙였다. 자신은 아이들의 손을 잡고 돈과 믿음을 구걸하고 다녔던 엄마였다. 어쩌면 연아의 엄마가 그녀보다는 나은 부모일지도 몰랐다.

차 한 모금을 입에 머금은 사회복지사가 충분한 시간이 흐른 뒤 말을 이었다.

"그 당시 큰스님이 이름을 지어 주셨대요. 박연화라고. 고운 원피스를 입고 흙바닥에 앉아 있던 연화 씨가 꼭 연꽃 같아 보여서 그렇게 불러 보았다나요. 그런데 정말 신기한 일은요. 연화 씨에게 '연화야' 하고 부르니 그 어린것이 고개를 들어 쳐다봤다는 거예요. 진짜 신기하죠. 이건 저도 이전 담당 사회복지사 선생님께 전해 들은 이야기예요."

말을 맺기가 무섭게 빨래가 다 되었다는 세탁기의 알림음이 울렸다. 곧이어 누군가 복층 계단을 올라왔다. 콜라를 2리터도 넘게 마시고 트림을 해 대던 거주인이었다. 밝은 표정의 그녀는 끊임없이 구시렁대며 세탁기에서 빨래를 꺼냈다. 세탁물을 들고 계단을 내려가는 뒷모습이 다소 힘겨워 보였다.

빨래 나르는 걸 도와주려고 자리에서 일어선 선애의 팔목을 사회복지사가 지그시 붙들었다. 그녀는 고개를 가로저었다.

"이게 다 당번이 있는 거라 도와주시면 안 돼요."

"저는 그냥 무거워 보여서."

"그러니까요. 이게 다 자립을 위한 연습 프로그램의 일환이 거든요."

자립. 낯선 단어였다. 자취면 자취고 독립이면 독립이지 자립이란 단어는 생소했다. 생각해 보면 살면서 지금까지 한 번도 입에 머금어 본 적이 없었던 단어였다.

"그래도 지금 내려간 거주인은 장애인같이 안 보이죠?"

"연아 씨 생각하면 확실히요."

"소담 씨는 일반 인문계 고등학교 나왔어요. 어떻게 간 건지는 모르겠지만 4년제 대학도 졸업했고요."

선애의 눈이 휘둥그레졌다. 비장애인도 이곳에 살 수 있는 건가 싶어서였다.

사회복지사가 목소리를 줄였다.

"아버지가 의사예요. 자기 병원 크게 하면서 대학에서 교수도 하는."

"아."

"조부모님들도 다 의사에 동생도 지금 의대 다닌다나 봐요. 강남에 방 여섯 개짜리 아파트에 산다던데요."

"그런 집에 사는 사람이 여기 왜……."

"대학까지는 꾸역꾸역 나왔는데 졸업 이후가 문제였다나 봐요. 한 달 넘게 집에서 나가지 않는 건 둘째 치고 며칠 동안 머리도 안 감고, 이도 안 닦고. 어머님께선 전업주부이신데 제멋대로인데다 고집까지 센 딸이랑 24시간 붙어 있다 평, 폭발하셨대요."

아이와 하루 종일 같이 붙어 있다는 게 무슨 의미인지, 또 어떤 스트레스를 유발하는지 선애는 충분히 이해했다. 그래도 이상했다. 적어도 상대는 말이 통하는 성인 자녀였다. 의사소통이 불가한 신생아가 아니었다.

"어머님께서는 부족한 딸 어떻게든 취업을 시켜 보겠다고, 때로는 선 자리를 마련해 보겠다고 기를 쓰고 뛰어다니셨답니다. 그런데 그럴 때마다 소담 씨가 악을 쓰고 험한 말을 했대요. 아파트에 사는데 고성이 계속되니까 하루에도 서너 번씩 관리사무소에서 연락이 왔고요. 결국 어머님이 싫다는 딸을 억지로 병원에 끌고 가셨답니다. 부엌에서 식칼 꺼내 들고 너 죽고 나 죽자며 협박까지 하면서. 그런데 결과가 어떻게 나왔는지 아세요? 경계성이요. 경계성도 제일 애매한 경계성으로 나온 거예요. 장애 등급을 받아도 그만, 안 받아도 그만인

애매한 상태로요."

"그런 경우도 있어요?"

"많죠. 아휴, 수도 없이 많아요. 예전에 좀 느리거나 맹하다고 불렸던 사람들, 아마 부지기수일 거예요. 부부가 정말 많이 고민을 하다 결국 장애 등급을 받기로 결심했대요. 지금은 끼고 버틸 수 있어도 당신들이 세상을 뜬 이후엔 소담 씨 동생이 소담 씨를 책임져야 할 테니까요. 지금은 남매 사이가 좋을지 몰라도 사람 일이란 게 한 치 앞을 모르는 거잖아요. 게다가 긴 병에는 효자도 없다는데 심지어 이건 부모 자식도 아닌 남매 사이고."

얼굴 한 번 본 적 없는 낯선 이의 표정을 훔쳐본 기분이었다. 장애가 있는 누나라는 존재와 그를 죽을 때까지 책임져야한다는 압박감. 본인의 선택이나 의사와는 무관하게 평생 혹처럼 붙어 다닐 지적장애를 가진 가족. 그래도 있는 집에 태어나 다행이었다. 소담이 가진 밝은 표정과 당당한 분위기는 어쩌면 넉넉한 환경에서 나고 자란 이들만이 가진 훈장 같은 징표일지도 몰랐다.

"그런데 장애 등급을 받고 나니 난리가 난 거죠."

"왜요? 누가요?"

"소담 씨가요. 자기는 원래 장애인이 아니었는데 어느 날 갑자기 엄마가 장애인을 만들어 버렸다는 거예요. 그것도 이해해요. 소담 씨 입장에선 그렇게 느낄 수도 있을 것 같아요. 어릴 때부터 장애 등급을 받았던 것도 아니고, 특수학교 출신도 아니고. 학점도 형편없어서 겨우 졸업장을 받았다고는 하지만 그래도 25년 넘게 비장애인으로 살면서 대학까지 졸업한 사람이잖아요. 그런데 어느 날 갑자기 지적장애인 판정을 받았으니 그럴 만도 해요. 어머님께서 여기 등록하시면서 소담 씨가 어렸던 시절, 아이가 느리다는 현실을 기를 쓰고 외면했던 걸 후회한다고 하셨어요. 모두에게 더 편할 수 있는 방법이 있었는데 부모의 욕심으로 회피했다고요. 어찌 되었든 이런저런 이유들로 소담 씨는 어머님을 증오해요. 증오한대요. 처음엔 엄마를 죽여 버릴 거라고 아침저녁으로 악다구니를 쓰는 바람에 얼마나 애를 먹었다고요."

"여기서 사는 건 그럼 소담 씨 의사예요?"

"사실 그것조차 부모님 뜻이긴 해요. 나중에 부모님이 소담 씨를 케어할 수 없는 날이 오게 되면 소담 씨 동생이 소담 씨를 데리고 살아야 하는데, 아들한테 그런 짐을 지울 수는 없으니까. 그렇다고 혼자 두면 한 달이고 두 달이고 스스로 양치도 안 하는 사람을 그냥 독립시킬 수도 없고. 그건 사실 방치잖아요. 그래서 두 눈 딱 감고 이곳에 맡기셨대요. 이곳은 지적장애인들이 가족처럼 모여 사는 생활 기관이기도 하지만 동시에 자립을 연습시키는 훈련 기관이기도 하니까요. 밥하고, 설거지하고, 청소하고, 분리수거하고. 그런 거 연습하는 곳이에요, 여기는. 소담 씨는 청결에 문제가 있어서 매일 머리 감고 양치하는 습관 잡아 주는 데 중점을 두고 있고요. 다른 거주인들도 각자 자신한테 필요한 중점 개선 사항이 있어서 그걸 연습해요. 우리 같은 비장애인들한테는 당연한 일이지만 발달장애인들한테는 그런 기초적인 일들도 쉽지가 않아요. 지안 씨는 혼자 버스 타는 연습하는 데만 2년이 넘게 걸린 거 알아요? 환승도 없고 똑같은 정류장에서 탑승해 똑같은 정류장에 내리는 일만 하는 데도요."

지안의 이야기를 하는 사회복지사의 목소리가 피곤해 보였다. 하루 종일 발달장애인들과 지내는 그녀는, 말이 통하는 사람과의 대화다운 대화가 그리웠을 그녀는 그렇게 선애를 앞에 앉혀 두고 한참을 더 혼자 말했다.

성인 그룹홈에 근무하는 사회복지사의 출근 시간은 오후 5시, 퇴근 시간은 오전 9시였다. 잠을 자는 시간은 근무 시간에서 빠지지만 방 하나를 개조해서 만든 사무실이 사실상 당직실이었다. 오후 10시에 공식 업무는 마무리되지만 그때부터 서류 작업이 시작되어 사실상 집에 다녀올 시간이 나지 않는다는 설명이었다. 아침 근무 시작 시간은 오전 6시였다.

발달장애인이 지적장애인과 자폐성 장애인을 통칭하는 단어라는 것도 처음 안 사실이었다. 연아와 지안은 다운증후군이었고, 나영에겐 약간의 자폐와 지적장애가, 소담에겐 가벼운 지적장애가 있었다. 그리고 소담과 나영, 지안에게는 모두 연락이 가능한 가족들이 있었다. 시설에서 자라 이곳에 온 사람은 오직 연아뿐이었다.

'연화'가 어쩌다 '연아'로 불리게 된 건지는 사회복지사도 알지 못한다고 했다.

"저는 여기 온 지 8개월째인데 서류상으로는 다 박연화예요. 이전에 근무하셨던 분께서 연화 씨가 회사에선 연아 씨라고 말해 준 것도 같긴 한데, 하루 안에 인수인계를 다 받아야 했던 상황이어서 그거 물어볼 정신은 없었네요. 뭐, 솔직히 궁금하지도 않았고요. 그런데 듣다 보니 이상하긴 이상하네요. 왜 연화가 아니라 연아란 이름을 고집할까요?"

선애라고 알 도리는 없었다. 기회가 될 때 당사자에게 직접

117

물어볼 수는 있겠지만, 연아의 설명을 신뢰할 자신은 없었다. 그저 고개를 끄덕이고 있는데 익숙한 목소리가 들려왔다. 연아였다.

"선생님, 안녕히 주무세요."

"연화 씨도 잘 자요."

젖은 머리에 잠옷 차림이었다. 그녀는 자신의 생일 파티에 회사 동료를 초대했다는 사실을 까맣게 망각한 듯 보였다. 망부석처럼 앉아 있는 선애를 뒤로하고 사회복지사는 씻으면 머리부터 말리라 하지 않았느냐며 연아에게 잔소리를 퍼부었다. 그녀에겐 일이겠지만 선애의 귀엔 애정이 듬뿍 담긴 쓴소리로 들렸다. 가족이나 할 수 있는 지적이었다.

다행이었다.

다소 당혹스러웠던 생일 파티 이후 선애는 한동안 사내 카페를 찾지 않았다. 생일 파티로 연아와의 사이가 어색해진 건 아니었다. 단지 전보다 일이 많아져 회사에 붙어 있는 날이 손에 꼽을 정도로 드물어졌을 뿐이었다.

건설 경기가 나빠지자 하청업체들에 문제가 생기는 일이 잦아졌다. 하청에 재하청, 재재하청에서 생긴 문제들까지 처리해야 원청의 신뢰를 유지할 수 있었다. 회사에서 20대 신입이 아닌 나이가 있는 선애를 신입 사원으로 뽑은 이유이기도 했다. 하청업체에 직접 서류를 받으러 간다는 건 경고와 감시를 내포하는 행위였다. 말단 사원이었지만 선애의 대외용 직위가 무려 매니저인 이유였다. 그녀의 명함에는 'B-manager'라는 직함이 찍혀 있었다. 과장급 이상의 명함엔 'A-manager'가, 사원과 대리급 직원들의 명함엔 'B-manager'라는 직급이 인쇄되어 지급되었다.

구조 조정이라는 말을 처음 접한 건 점심시간이었다. 회계 팀 전원이 모인 식사 자리에서 조 부장은 구조 조정이란 단어를 사용했다. 중견기업급도 안 되는 중소기업에서 언급되는 구조 조정이란 어휘는 권고사직이란 용어만큼이나 그 충격이 상당했다.

최 과장의 표정은 밝지 못했다.

"이번에 회사에서 회계 팀 정리하고 다 외주로 넘길 거라는 소문도 돌던데요. 그건 사실이 아니죠, 부장님?"

"에라이, 그런 헛소문은 도대체 누가 퍼뜨리고 다니는 거야? 누군지는 몰라도 자기들 앞가림이나 제대로 하라고 전해. 우리 팀은 인력을 충원해 준다고 하는데."

"정말요?"

"전무님께서 직접 하신 말씀이시니 신뢰해도 좋아."

김 대리의 되물음에 조 부장은 확신을 갖고 고개를 끄덕였다. 사실 말이 회계 팀이지 온갖 자질구레한 뒤처리들까지 도맡는 일당백 팀이었다. 말단 사원의 시선에도 회사 입장에서 회계 팀을 해체할 이유는 전혀 없어 보였다.

뜨는 둥 마는 둥 식사를 하던 송 주임이 걱정스러운 표정을 지어 보였다.

"부장님, 그래서 이번 주에 사내 카페 안 하는 거예요? 어제랑 그제 불이 꺼져 있던데요."

말없이 밥 한 술을 크게 뜨던 선애가 동작을 멈췄다. 어제와 그제는 지방으로 출장을 가는 바람에 사무실 출근 자체를 건너뛰었던 그녀였다. 조 부장은 아무렇지도 않게 고개를 가로저었다.

"거긴 정기 교체."

"정기 교체요?"

정수기나 공기청정기 필터도 아니고 사람한테 무슨 정기 교체라는 단어를 사용하나 싶었다. 선애에게는 아직도 존대를 하는 조 부장이었다. 그는 고개를 끄덕이며 대답을 했다.

"맞아요. 정기 교체."

"왜요? 왜 교체해요?"

이해가 가지 않는다는 물음표가 잔뜩 묻은 송 주임의 질문에 조 부장이 결국 수저를 내려놓았다.

"그게, 기간제 근로자의 경우 2년 이상 근무하면 정년을 보장해 줘야 해서 사내 카페 같은 경우는 1년 11개월마다 근무자를 바꿔 주고 있어. 다른 사람들은 몰라도 그 사람들은 장애인이잖아. 지적장애가 있는데 회사에서도 정년을 보장해 줄 수는 없지. 막말로 나라에서 하라고 하니까 억지로 채용한 사람 아냐. 엑셀도 못 다루고, 전화 응대 하나 제대로 못 하는 사람인데."

"그럼 연아 씨 잘린 거예요?"

계속되는 송 주임의 질문에 "식사들 하시죠." 하는 최 과장의 목소리가 식탁 위에 내려앉았다. 선애는 입에 떠 넣은 밥알들을 눈치껏 꾸역꾸역 씹었다. 생일 파티 이후 제대로 된 대화 한번 나눠 보지 못한 연아였다. 대화는커녕 인사다운 인사조차 한 적이 없었다. 아침저녁 습관처럼 도착하는 연아의 카톡음은 어느 날부터인가 무음이 되었고, 한 페이지 이상 무어라 무어라 내용이 쌓일 때마다 '네, 그래요' 등의 형식적인 답장

만을 보내 왔던 선애였다. 생각해 보니 연아가 보낸 카톡을 한 번도 진지하게 읽어 본 적이 없었던 것 같았다. 문득 그동안 연아가 누구와 점심 식사를 해 왔을지 궁금해졌다. 명치를 얻어맞은 기분이었다. 아무리 씹어도 목에 걸린 밥알이 내려가지 않았다.

신기한 습관이었다. 본인이 먼저 연락을 하는 건 당연하게 여기면서도 연아는 타인이 거는 전화는 받지 않았다. 벨소리를 듣지 못해 못 받는 게 아니라 전화를 받자마자 툭 끊어 버렸다. 어쩔 수 없는 차선은 카톡이었다. 썩 믿음직스럽지는 않았지만 선애는 연아와의 카톡방에 오늘 퇴근 후 그룹홈에 방문해도 괜찮겠느냐는 질문을 건넸다. 선애가 연아에게 카톡으로 먼저 말을 걸어 보기는 처음이었다. 잠시 후 '네'라는 답장이 도착했다. 진짜 알겠다는 의미인지 평소처럼 의미 없는 대답인지 구분할 수 있는 방법은 없었다. 그래도 허락은 허락이었다. 일이 밀려 한 시간가량 늦게 퇴근한 선애가 평소엔 그냥 지나쳤던 회사 앞 버스 정류장에 몸을 기댔다. 생각해 보니 어느 순간부터 용기도 보이지 않았다. 무려 몇 달을 매일 보던 사이였다. 눈인사만 나누던 사이였지만 역시나 난 자리는 표가 났다. 버스 정류장 앞에 선 용기가 환영으로 떠올랐다. 그는 오늘도 값비싼 휴대폰에 얼굴을 묻고 있었다.

고작 두 번째 방문이었지만 언덕의 경사는 이전보다 훨씬 더 완만하게 느껴졌다. 버스 정류장으로부터의 거리도 더 가깝게 느껴졌고, 시간도 훨씬 덜 걸리는 듯싶었다. 빈손으로 갈 수 없어 산 음료수 세트는 여전히 무거웠다. 마음 같아서는 카페에서 테이크아웃 커피라도 사 들고 가고 싶었지만 음료 여섯 잔을 한꺼번에 사자니 부담이 되었다. 200만 원도 안 되는 월급으로 생활도 하고 양육비도 보내는 그녀였다. 2주에 한 번씩 아이들을 만나 외식까지 하고 나면 남는 돈이 없었다.

그룹홈의 벨을 누르자 지안이 뛰어나왔다. 그래도 한 번 본 사람이라고 그녀는 아는 척을 숨기지 않았다. 얼굴이 터질 듯 미소를 지은 지안은 선애를 넙죽 껴안았다. 사무실로 사용되는 방에서 돋보기안경을 쓴 사회복지사가 다급하게 걸어 나왔다.

"어머, 이게 누구야. 봉사자님, 안녕하세요. 여긴 어쩐 일이세요?"

"오늘 들러도 되냐고 연아 씨에게 물어봤는데 괜찮다고 해서요. 잠시 연아 씨 좀 만날 수 있을까요?"

"아이고, 박연화 이 아가씨 왜 미리 말을 안 하고. 그리고 지안 씨, 누구인지 확인도 안 하고 그렇게 벌컥 문부터 열면 된다고 했어요, 안 된다고 했어요. 연화 씨! 올라와요! 선애 씨 왔어요!"

선애의 어깨가 움츠러들었다. 미리 연락하지 않은 방문은 명백한 민폐였다. 심지어 사회복지사에게 이곳은 직장이었다. 클라이언트의 손님은 곧 추가 업무가 생긴다는 사실을 의미했다. 밖에서 만나자고 했어야 했나 자책을 하는 사이 복층 계단 아래에서 연아가 올라왔다. 생일 파티를 했던 그날처럼 연아는 무심한 표정으로 인사를 건넸다.

사회복지사가 연아를 다그쳤다.

"연화 씨, 왜 미리 말을 안 했어요? 우리 외부 활동 있을 때 오셨으면 밖에서 기다리셔야 했을 수도 있잖아요."

"깜빡했어요."

진짜 깜빡한 건지 아니면 방문하겠다는 말을 이해하지 못한 건지 진실은 알 수 없었다. 하지만 점점 밝아지는, 심지어는 미소가 귀에 걸리는 연아의 표정을 보며 선애는 안도했다.

기뻐 보였다. 분명 행복해 보였다.

거주인들에게 양해를 구한 선애는 복층 계단 아래로 걸음을 옮겼다. 사실상 생활실인 아래층에 내려와 보기는 처음이었다. 넓지 않은 거실 벽에 붙어 있는 '북한산 그룹홈 거주인 생활 수칙'이라는 A4용지가 눈에 들어왔다. 이곳이 일반 가정집이 아닌 거주 시설이라는 현실을 명징하게 보여 주는 게 시물이었다.

언덕 경사를 따라 나 있다는 창문은 방에만 있는 건지 불이 꺼진 거실은 어둡고 꿉꿉했다. 그럼에도 85인치는 되어 보이는 거대한 TV와 스탠드 에어컨, 공기청정기, 가습기, 제습기는 그녀가 이혼 전에 사용하던 물건보다 수십만 원씩은 더 비싼 것들이었다. 휑한 공용 책상엔 데스크톱 컴퓨터가 한 대 놓여 있었다. 그 옆 책장엔 몇 권의 책들이 드문드문 꽂혀 있었는데, 황무지의 잡초처럼 꽂혀 있는 책들은 대부분 철 지난 실용 서적들이었다. 가장 눈에 띈 건 『MS-DOS 입문』이었다. 저 책은 도대체 왜 꽂혀 있는 건지 도저히 이해가 가지 않았다.

화장실 입구의 턱은 거실보다 한 뼘도 더 높았다. 지체장애인 거주 시설이 아니란 사실을 감안하더라도 상당한 높이였다. 소파는 따로 없었다. 그건 위층과 마찬가지였다.

방문을 열자 환한 빛이 쏟아져 들어왔다. 연아는 나영과 함께 사용하는 방이라며 얼굴을 붉혔다. 서향인 건지 해가 지는 시간인데도 방 안은 눈이 부실 정도로 밝았다. 가구는 붙박이장과 책상, 화장대, 2층 침대가 전부일 정도로 소박했는데, 연아는 자신이 침대의 아래층을 사용하고 있다며 본인의 잠자리를 소개했다. 2층 침대를 사용하는 성인을 보는 건 처음이었다. 가족이 아닌 사람들끼리 1인 1실을 사용하지 않는다는 사실이 새삼 불편하게 다가왔다.

연신 거짓 감탄사를 내뱉으며 선애는 연아에게 왜 침대 위층을 사용하지 않느냐고 물었다. 연아는 손을 내저었다.

"싫어요."

"뭐가요?"

"위층은 사다리 올라가야 해요."

"그래서 2층 침대 사용하는 거잖아요. 재미있으니까."

"재미없어요. 무릎 아파요."

벌써 무릎이 아플 나이인가. 아직 20대 아닌가. 애늙은이 같은 대답에 선애는 피식 웃음을 터뜨렸다. 바닥에 앉아도 팬

찮겠느냐고 동의를 구하자 연아는 흔쾌히 고개를 끄덕였다. 누군가 자신에게 허락을 구하고 있다는 사실에 그녀는 뿌듯함을 느끼고 있는 게 분명했다.

하지만 눈치가 없기는 회사에서와 별반 다르지 않았다. 차한 잔, 간식 약간, 하다못해 선애가 사 들고 온 음료라도 들고 내려오는 센스는 여전히 부족했다.

상대가 비장애인이라면 조심스럽게 묻거나 마음에 묻어 두었을 질문들을 선애는 아무렇지도 않게 꺼냈다. 민감한 말들이 연아의 앞에선 아무렇지도 않게 잘도 터져 나왔다.

"연아 씨, 회사에서 잘렸어요?"

"네."

담담한 목소리였다. 무례한 질문에 무딘 건지 아니면 원체 많이 겪어 본 상황인지 그도 아니면 이러한 질문이 무례하다는 사실 자체를 인지하지 못하는 건지, 사실은 알 수 없었다. 선애는 두 눈을 껌뻑이며 누렇게 변색된 붙박이장에 등을 기댔다.

"그럼 이제 뭐 해요?"

"그냥 있어요."

"여기에서요?"

"네."

TV를 보고, 컴퓨터를 하고, 핸드폰을 하고, 산책을 가고. 카페도 가고, 여행도 다니고. 비장애인들의 퇴사 후 삶은 그 모습이 쉬이 그려졌지만 그들의 얼굴에 연아를 대입하니 모든 일들이 잘 상상되지 않았다. 생각해 보면 발달장애인 혼자 산책을 하거나 카페에 앉아 있는 경우를 본 적이 없었다. 혼자 여행을 하는 경우는 듣도 보도 못했다. 가족이 있다면 가족과 함께 시간을 보낼 수도 있겠지만 연아에겐 최소한의 방어막인 그들이 없었다. 발달장애인이 희귀한 건지, 아니면 많은 발달장애인들이 집에만 틀어박혀 있는 건지 도저히 알 길이 없었다. 발달장애인인 연아와 반년을 넘게 동료로, 그냥 동료도 아닌 담당 동료로 지냈는데도 아는 게 없었다.

선애는 좌절의 전이를 느꼈다.

"그럼 이제 일 안 해요?"

"할 거예요."

더 깊은 대화를 나눠 보고 싶어 질문을 바꾸어 봤지만 이성적이고 속 깊은 대화는 애초부터 불가능했다. 현실을 인정한 선애는 결국 사회복지사를 찾아 다시 계단을 올라갔다. 얼마나 열심히 닦았는지 나무 계단은 깨끗함을 넘어 반들반

들했다.

사회복지사는 과일과 커피를 준비했다. 커피포트로 물을 끓이는 소리가 거실에 가득 찼다. 연아는 오늘도 위층으로 올라오지 않았다. 누가 정한 규칙은 아니겠지만 어쩌면 위층은 처음부터 비장애인들의 전유물이었을지도 몰랐다.

식탁 의자를 빼서 앉으며 선애는 사회복지사에게 질문을 건넸다. 당사자가 없는 자리에서 물어 미안했지만 결국엔 본인이 없어 더 손쉽게 물을 수 있는 질문들이었다.

"그럼 평일 낮엔 연아 씨 혼자 이곳에서 지내는 건가요?"

"맞아요. 다른 거주인들이라면 가족이 데려갔겠지만, 아시잖아요. 연화 씨 스토리. 그래도 연화 씨한텐 여기 같이 사는 거주인들이 가족이에요. 그렇잖아요. 꼭 피가 섞여야 가족인 건 아니니까. 따지고 보면 부부도 피 한 방울 안 섞인 사이인데."

틀린 말은 아니었다. 그래서 가슴이 아팠다.

피가 섞인 엄마는 어린 시절 떠났고, 역시나 피가 섞인 아빠는 그녀를 없는 자식 취급했다. 피가 섞인 형제는 하나도 없었고, 피가 섞인 새끼들은 피 한 방울 섞이지 않은 전남편이 모두 데려가 버렸다. 피붙이가 있다 해도 선애나 연아나 크게 다른 상황은 아니었다. 헛헛했다. 선애의 입에서 쓸쓸한 헛웃음이 비어져 나왔다.

구직 중인데요, 발달장애인입니다

학교도 회사도 다니지 않는 성인 발달장애인들의 삶이란 어떠한 모습일까. 부모가 세상을 떠났거나 혹은 연락을 회피하는 경우, 그들은 어떠한 오늘을 보내고 있을까.

회사에서 받은 다이어리에 사회복지학 전공자들이나 할 법한 말들을 끼적이던 선애가 손에 들었던 펜을 내려놓았다. 생각해 본다고 알 수 있는 것도 아니고, 안다 해서 상황을 변화시킬 능력이 있는 것도 아니었다. 타인의 불행을 반추해서 무엇 하나 싶어 고개를 가로젓다 감히 자신이 무어라고 그들이 불행하다 단정하는지 스스로가 고까웠다. 그룹홈에서 만난 그녀들의 표정은 하나도 불행해 보이지 않았다. 적어도 겉으로 보기에는 모두가 그랬다.

새 직원을 구하지 못한 건지 혹은 않는 건지 연아의 퇴사 후 사내 카페엔 더 이상 불이 들어오지 않았다. 엘리베이터에서 내리면 풍기던 고소한 커피 향도 더 이상 맡을 수가 없었다. 송 주임과 김 대리를 포함해 최 과장도, 조 부장도, 심지어는 그녀를 비롯한 모든 직원들의 인사권을 거머쥔 전무까지도 아무도 연아와 후임자에 대해 궁금해하지 않았다. 이따금 걸음을 멈추고 불 꺼진 카페 안을 들여다보는 사람은 사무실을 통틀어 선애가 유일했다. 그리고 그런 선애에게 관심을 가져 준 사람은 다른 누구도 아닌 사내 미화원이었다.

중년이라기엔 노년이라 불러도 무방하겠다 싶은 그녀는 기다란 대걸레에 몸을 기댄 채 선애의 옆에 다가와 섰다.

"그래도 사람은 나쁘지 않았는데. 그죠?"

얼굴은 눈에 익어도 오며 가며 목례 한번 나누지 않았던 사이였다. 선애가 자연스레 한 걸음을 떨어져 서며 고개를 끄덕였다.

"조금 이기적이긴 해도요."

"일은 또 기가 막히게 똑 부러지게 했지."

"카페 자주 가셨었나 봐요."

"이 월급으로 커피는 무슨 커피예요. 남은 커피 한 잔 달라는 말 듣고 '2,000원이요' 하고 손부터 내밀던 처자인데."

사내 미화원과 선애가 동시에 웃음을 터뜨렸다. 문득 떠오른 일화 때문이었다. 영업 팀 고 팀장이 아메리카노 스무 잔을 시켰는데 바이어들이 오지 않아 커피가 열 잔 이상 남았던 날이었다. 자신들은 사람 한 명 만날 때마다 마시는 게 커피라며 고 팀장은 사내 미화원들에게 남는 커피를 선물했다. 하지만 연아는 커피를 받으러 온 미화원들에게 커피를 단 한 잔도 내주지 않았다. 눈앞에서 주문을 하지도, 돈을 내지도 않았는데 커피를 줄 수는 없다는 고집이었다. 영업 팀 막내가 달려 나와 커피를 드리라고 설득을 해 보았지만 결과는 대실패였다. 아무에게나 공짜 커피를 나누어 주는 것보다는 확실히 나은 업무 수행 능력이었지만 이해력과 융통성 측면에서 비장애인과의 차이가 여실히 드러났던 날이었다. 결국 회의를 마친 고 팀장이 뛰어와 사내 미화원들에게 직접 커피를 배달하고 다녀야 했던 웃지 못할 에피소드였다. 두 여자는 키득거리는 웃음을 멈추지 못했다.

그렇다고 연아가 선애의 삶에서 페이드아웃 되어 가느냐하면 그것 역시 아니었다. 회사를 나간 지 한 주가 되고 한 달이 지나도 연아는 밤낮으로 선애에게 카톡을 보냈다. 선애씨,

선애씨에, 네, 왜, 버스에, 선생님에, 혼자에, 회사에. 새로 추가
된 단어가 있기는 했다.

회사에.

그 단어를 마주칠 때마다 선애는 걸음을 멈춰 섰다. 더 이
상 이곳엔 당신의 자리가 없다는 말을 잘 이해했을지 궁금했
다. 민준이가 새로 등원한다는 태권도 학원이나 민서가 새로
사귀었다는 친구들 이야기를 들을 때만큼이나 연아의 오늘이
궁금했다.

그리고 신기했다. 첫째인 민서가 학교에 처음 입학했을 때
를 제외하면 딱히 아이들의 친구가 궁금했던 적은 없었는데,
이혼을 하고 혼자 살게 되자 아이들의 친구들이 궁금해지기
시작했다. 엄마는 퇴근을 하면 죽은 듯이 잠만 자는데 우리 민
서, 민준이는 오늘도 친구들과 즐거운 시간을 보냈는지. 너희
의 삶에 엄마가 다시 돌아갈 자리는 정말 2주에 한 번, 잠시뿐
인지.

남편의 변호사로부터 협박조의 부탁을 받은 건 그로부터
몇 주 뒤였다. 그녀는 선애에게 접근 금지 명령을 받을 수도
있으니 당분간은 아이들을 만나지 말아 달라는 청천벽력 같

은 소리를 했다.

지루한 장마에 온 세상이 어둡고 축축했던 날이었다. 남편의 변호사가 선애에게 전화를 걸어 왔다. 변호사가 꺼낸 이야기는 황당했다. 아이들이 엄마를 만나고 온 날마다 '도사'에 대한 이야기를 꺼내고 심지어는 그를 찾기까지 하니 만남을 자제해 주었으면 좋겠다는 이야기였다. 그럴 리가 없었다. '도사'는 그녀를 정서적, 금전적으로 학대하고 민서와 민준이 몸에 손까지 댔던 최악의 쓰레기였다. 그 난리를 겪고도 왜 아이들이 도사가 했던 말을 언급하고 그를 다시 찾는다는 건지 이해가 가지 않았다. 자녀들이 성인이 될 때까지 아이들을 만나지 말아 주었으면 좋겠다는 말까지만을 듣고 소리부터 지르던 선애가 입을 다물었다. 입이 백 개라도 할 말이 없었다. 원죄란 생각보다 크고 무거워서 용서의 범주에 들어가지 않았다. 잘못을 저지른 이가 용서를 구해도 죄는 영원히 그 자리에 남았다. 용서란 마음의 영역이었다. 마음은 언제든지 바뀔 수도 있는 것이었기에 온전하고 무결한 용서란 애초부터 불가능했다.

방 안에 있는 네모난 물탱크에 기대어 앉은 선애가 무릎을 끌어안고 고개를 숙였다. 자신의 삶이 어디서부터 잘못된 건지 감이 잡히지 않았다. 치열하게 공부하고 사랑하고 고민했던 그 수많은 시간들은 대체 무엇이었을까. 다른 사람들처럼 평범하게 살아 보고자 했던 바람은 과한 욕심이었을까. 가족과 친구, 돈, 명예. 왜 나에게는 아무 것도 남지 않았을까. 언젠가부터 명치께 깊은 곳에 무거운 것이 들어차 사라지지 않았다. 그것 때문인지 평소에도 숨 한 번을 제대로 쉬기가 힘들었는데, 숨이 끝까지 쉬어지지 않아 브래지어를 벗어 보아도 그저 그 공간만큼의 호흡만이 약간 추가될 뿐이었다. 지금 이 상태로 끝나도 나쁘지 않겠다는 생각을 하기엔 폐 깊숙한 곳까지 들이쉬는 숨 한 모금이 간절했다. 그렇게 매트리스에 쓰러지듯 몸을 누이면 알림음이 울렸다. 카톡 알림이었다.

> 선애씨에

헛웃음이 났다. 그녀는 퇴근 후의 선애를 찾는 유일한 사람이었다. 연아가 회사에서 잘린 이후 선애는 그녀의 카톡 알림음을 무음에서 소리로 복구했다. 무어라 답장을 보낼지 한참을 고민하던 선애는 '연아 씨, 오늘 하루 잘 지냈어요?'라는 문구를 보냈다. 오래지 않아 답장이 도착했다.

천천히 답장을 읽은 선애는 휴대폰을 가만히 끌어안았다. 그리고 몸을 웅크리고선 눈을 감았다. 세상이 까무룩 사라졌다. 언제나처럼 깊은 잠이 빛을 잡아먹는 어둠처럼 부지불식간에 찾아왔다.

사회복지사가 선애에게 자신의 퇴사 소식을 알린 건 다음 날이었다.

간혹 연아는 전화를 걸어 왔고 대부분 선애는 받지 않았다. 여느 날과 달리 고민 끝에 받아 든 전화기 너머에서 들려온 건 사회복지사의 목소리였다. 휴대폰 화면에 뜬 발신자는 분명 박연아였는데, 사회복지사가 전화를 걸어 온 것이다. 그녀는 선애의 연락처를 알지 못해 연화 씨 휴대폰으로 전화를 했다며, 급작스럽겠지만 오늘 저녁에 그룹홈에 들러 줄 수 있는지 조심스레 물었다. 선애는 창밖을 내다보았다.

언제 비가 내릴지 모르는 꿉꿉한 여름날이었다. 후텁지근한 더위에 급경사는 오르고 싶지 않은 나른한 오후였다. 하지만 거절해도 괜찮은 적절한 이유가 떠오르지 않았다. 경사진

언덕은 결코 적합한 이유가 아니었다. 스케줄을 확인하는 척 잠시 뜸을 들인 선애는 결국 그러겠노라고 대답을 했다. 그룹홈에 찾아가는 건 실상 오랜만으로, 연아의 퇴사 이후 처음이 었다.

격한 지안의 환영과 데면데면한 연아의 환대는 그대로였다. 달라진 점이 있다면 소담이 알은체를 하기 시작했다는 거였고, 나영이 사라졌다는 점이었다. 여느 날처럼 설익은 인사를 하며 그룹홈에 들어선 선애를 사회복지사가 잡아끌었다. 선애보다 적어도 열 살 이상 연배가 많아 보이는 그녀는 두 눈에 그렁그렁한 눈물을 담고 있었다.

저녁 메뉴는 피자와 치킨이었다. 오랜만의 배달 음식에 거주인들이 환호를 하는 사이 사회복지사는 자신의 퇴사 소식을 담담하게 알렸다.

"그래도 이곳에서 1년 넘게 있었더니 시원섭섭하네요."

"갑자기 왜 그만두시는지 여쭤봐도 될까요?"

"당연히 되죠. 그만둔다는 소식 말해 주려고 부른 건데. 그런데 갑자기는 아니에요. 1년 내내 꾸준히 고민했어요."

말하지 않아도 이해할 수 있었다. 말이 야간 근무지 오후

5시에 출근해 다음 날 아침 9시에 퇴근한다는 건 일 때문에 강제 이주를 하는 것만큼이나 커다란 각오를 필요로 하는 희생이었을 것이다.

"근무 시간도 근무 시간인데, 혼자 근무한다는 게 컸어요. 다른 시설에 있을 때는 그래도 동료 사회복지사들하고 이런 얘기 저런 얘기 하면서 스트레스를 풀었는데, 여기는 지적장애 없는 사람이 나 하나다 보니까. 했던 얘기를 100번 하고, 200번 하고, 그러면서도 내 새끼들한테 했던 것처럼 화를 내지도 못하고. 이 상황을 들어 주거나 알아 줄 사람도 없고. 차라리 연화 씨처럼 시설에서 자란 사람들만 있으면 내가 엄마다 생각하고 이렇게 저렇게 해 볼 텐데 가족이 있는 거주인들 같은 경우에는 가족들의 눈치도 봐야 하거든요. 그렇다고 그동안 눈치를 보면서 일했다는 건 아니지만, 그래도 이런저런 요구 사항들이 끊이지를 않으니."

"그래서 나영 씨가 나간 거예요? 요구 사항이 있는데 안 들어줘서?"

거주인들이 식사를 하는 식탁과는 조금 거리가 있는 위치였지만 사회복지사는 거주인들 쪽으로 입을 가리고 목소리를 낮췄다.

"그건 좀 다른 일. 나영 씨, 연화 씨랑 싸웠어요. 아래층에는 CCTV도 없고 둘 다 횡설수설해서 무슨 일이 있었는지 정확히는 모르겠지만 둘이 머리채를 잡고 뜯으면서 치고받고 싸웠더라고요. 그런데 나영 씨 얼굴에 손톱자국들이 길게도 남은 거 있죠. 눈두덩이부터 턱까지. 쿵 소리 나자마자 뛰어 내려갔는데 바닥엔 뜯긴 머리카락들 천지고, 둘 다 눈이 돌아서 험한 말 하고 있고. 그러다 제 얼굴 보자마자 나영 씨가 울음을 터뜨리니까 연화 씨가 씩씩거리며 방으로 들어가 버리더라고요. 나영 씨 부모님이 나영 씨 얼굴 보고 연화 씨를 폭행죄로 고소한다고 난리난리를 피워서 우리 경찰서까지 다녀왔어요. 다행히 고소까지 이어지지는 않았지만 그래도 연화 씨 유치장에서 잘 뻔한 거 있죠."

잘 이해되지 않았다. 분명 쌍방 폭행인데 왜 연아만 고소를 당할 뻔했다는 건지 알 수가 없었다. 왜 그녀만 유치장에서 잘 뻔했다는 것인지도 이해가 가지 않았다. 제일 이해가 가지 않는 건 연아가 누군가를 때렸다는 말이었다. 사람 고작 반년 봐 놓고 모두 안다고 할 수는 없겠지만 그럼에도 연아는 누군가에게 폭력을 가할 사람이 아니었다. 작은 관심에 기뻐하는 사람이었고, 자신의 호의가 무시당했다고 느꼈을 땐 혼자 토라

질지언정 손을 올리는 사람은 아니었다. 여러모로 이해가 가지 않는 사건이었다. 그런 선애의 생각을 읽기라도 한 듯 사회복지사가 맞장구를 쳤다.

"저도 처음엔 이게 무슨 일인가 했어요. 바닥에 뜯긴 머리카락이 사실 나영 씨의 검은 머리카락이 아니라 연화 씨의 갈색 머리카락들이었거든요. 그런데 나영 씨 부모님은 그런 말은 안 들으려고 하니까. 그동안 이 아가씨들 불쌍하다고 생각한 적 한 번도 없었는데 그날만큼은 연화 씨가 참 안쓰럽더라고요. 장애가 있어서가 아니라 방패막이 되어 줄 가족이 없어서."

장애인을 불쌍하게 생각하면 안 된다는 이야기였다. 신체장애든 발달장애든 어찌 되었든 그건 그 사람의 특성일 뿐 가치판단을 내리게 하는 요소가 되어서는 안 된다는 설명이었다. 맞는 말이었다. 선천적 장애든 후천적 장애든, 지체장애든 지적장애든 장애란 성별이나 인종처럼 개인이 선택할 수 없는 범주의 특성이었다. 그러한 특성으로 누군가를 불쌍하다, 안쓰럽다 판단하는 건 편견이자 폭력이었다. 배려와 동정은 다른 범주였다. 발달장애인인 것과 부모가 없다는 것 역시 다른 범주의 이야기였다.

보호자가 필요한 사람은 어린아이들뿐만이 아니다. 서른의 그도, 마흔의 그녀에게도 엄마와 아빠가 필요하다. 나이가 들며 부재하는 부모의 빈자리는 배우자가, 자녀가, 반려동식물이 메워 준다. 때로는 종교나 전문가의 도움을 받기도 하고, 절친한 친구들이 울타리가 되어 주기도 한다. 그런데 연아에겐 그러한 존재들이 없었다. 무슨 일이 일어나도 언제나 자신의 편이 되어 줄 누군가, 그 단 한 명이 부재했다.

사회복지사의 안쓰럽다는 의미가 파도처럼 밀려왔다. 동시에 선애의 머릿속엔 낡은 초가에 혼자 남겨져 울던 여자아이가 떠올랐다. 우물 안으로 사라진 엄마를 대체한 사람은 몇 달마다 새 여자를 데려오던 아빠도, 그의 어린 고명딸을 천덕꾸러기 취급하던 그녀들도, 새 울타리가 되어 줄 줄 알았던 남편도, 세상에서 가장 사랑하는 자식들도, 영적 지도자라던 도사나 그의 추종자들도 아니었다. 가슴속 깊은 곳에 단단하게 자리 잡고 있던 무언가가 천천히, 그러다 격렬하게 일렁이기 시작했다. 선애는 속이 울렁거리는 것을 느꼈다.

선애의 표정을 보고 지레짐작을 한 사회복지사가 고개를 저었다.

"그렇다고 그 사건 때문에 퇴사하는 건 아니에요. 이제 은

퇴할 날이 많이 남지 않았는데 동료들이 있는 곳에서 일하고 싶다는 생각이 하루가 갈수록 간절하더라고요. 그런데 새로 오시는 선생님이 20대 젊으신 분이지 뭐예요. 심지어 연화 씨보다도 어리고. 자원봉사자는 만나 본 적이 없다고 해서 미리 이런저런 얘기도 드릴 겸 모셨어요. 이곳을 찾아 주신 분, 사실 선애 씨 한 분뿐이거든요. 코로나 이전에도 그랬고, 어찌 되었든 그룹홈이 문을 연 이래로요."

자원봉사자라는 단어에 선애는 손을 내저었다. 그녀는 단지 연아의 동료로 동등한 입장에서 방문했을 뿐 누군가에게 봉사를 하고자 이곳을 찾은 게 아니었다. 사회복지사는 다 알고 있다면서도 자원봉사자가 아니면 그녀를 부를 명칭이 마땅하지 않다며 겸연쩍게 웃었다. 그룹홈에선 매일 있었던 일들을 보고서 형식으로 남겨야 하는데 자원봉사자가 아니면 적절한 단어가 없다는 설명이었다. 정기 교육에서 '시민옹호인'이라는 용어를 듣기는 했지만 그건 사회복지사에게도 낯선 단어라고 했다. 선애는 낮게 소리를 내어 시민옹호인이란 단어를 입에 머금어 보았다. 시민옹호인. 시민옹호인. 누군가를 옹호할 생각은 애초부터 없었던 그녀는 시민옹호인이란 단어를 몇 번 더 소리 내어 발음하다 그냥 연아의 전 직장 동료로 불러 주었으면 좋겠다고 나지막이 부탁했다.

그 말을 들은 사회복지사가 선애의 손을 조심스레 감싸 잡았다.

"그래요. 그러면 친구로 합시다. 어려운 부탁인 건 알지만 그래도 지금의 연화 씨한텐 선애 씨가 전부인 것 같아서요. 휴대폰에 저장된 번호들만 봐도 그룹홈이나 복지관 선생님들 번호 말고는 선애 씨 번호가 유일하거든요. 적어도 비장애인들 중에서는요."

무거웠다. 그리고 불편했다. 사회복지사의 말을 듣는 선애의 표정이 천천히 굳어졌다. 이런 부탁을 들으려고 연아의 생일 파티에 참석했던 게 아니었다. 그녀의 퇴사 소식을 듣고 이곳까지 찾아왔던 건 단지 사람이기에 가진 일말의 책임감과 죄책감 때문이었다. 지금까지 연아가 누구와 점심 식사를 했는지, 어디서 밥을 먹었는지, 언제 사직을 통보받았고 어떻게 회사를 떠났는지조차 그녀는 담당자 타이틀을 달고도 아는 것이 전혀 없었다. 심지어 궁금하지도 않았다. 생일 파티 참석은 단지 바람에 흩날릴 먼지 같은 속죄 의식이었다.

이런 생각을 알 리 없는 사회복지사는 말을 멈추지 않았다.

"거창한 거 부탁하는 거 아니에요. 연화 씨의 공공후견인이 되어 달라 이런 건 저도 생각조차 안 해요. 여기 퇴사하면 나부터도 완전한 타인인데요. 그저 가끔 연화 씨 생일이나 명절 같은 때 안부 연락 한 통씩만 해 주면 좋겠다 싶어서 말을 꺼내 봤어요. 알죠. 연화 씨 중증장애인 맞아요. 예전에 장애를 급수별로 평가했을 땐 1급이었어요. 그런데 저 아가씨, 상황인지나 판단, 감정 등이 비장애인과 별반 차이 없는 거 알아요? 보통 다운 친구들은 쉽게 행복해하고 속상한 일이 생겨도 달래면 금방 풀리지만 연화 씨는 달라요. 마음속 깊은 곳에 과거를 담고 있어요. 아닌 척해도 다 기억하는 사람인 거, 선애 씨도 함께 일해 봤으니 알고 있죠?"

알고 있을 수도 있지만 알고 싶지 않았다. 부모도 아닌데 그런 의무를 지고 싶진 않았다.

선애는 화두를 돌렸다.

"연아 씨 결혼은 안 하나요? 예전에 물어보니 용기 씨랑 결혼할 거라고 얘기하던데요."

그제야 사회복지사가 선애의 손을 놓으며 헛웃음을 터뜨렸다.

"아니, 비장애인 같다는 건 감정적인 측면에서 그렇다는 거고요. 박연화 거주인이 결혼을 어떻게 해요. 돈이 어디서 나서. 그리고 용기 씨? 그 사람은 여자가 많아요. 연화 씨는 여자 친구가 없을 때나 찾는 옛 동창이고요. 둘이 같은 특수학교 나왔거든요. 그리고 저는 사실 용기 씨 안 좋아해요. 본인이 외로울 땐 예쁘다, 좋아한다 하면서 연화 씨를 찾다가 여자 친구가 생기면 싹 차단을 해 버리는 사람이라. 이런 말 하기는 좀 그렇지만 남자 발달장애인들은 성에 눈을 떠도 해소하기가 어렵거든요. 참는 법을 가르치고 강제로 억압도 시켜야 하는데 그게 보통 일이 아니에요. 그러다 종종 사고를 치기도 하는데, 용기 씨는 그렇게 심한 중증은 아니라 여자 친구들을 사귀었다 연화 씨를 찾았다 하는 거고."

생각조차 못했던 관점이었다. 어쩌면 생각하고 싶지 않았던 음지의 논제였다. 예쁘다, 좋아한다 말하며 연화를 더듬는 용기의 손길을 상상하자 민서의 머리를 쓰다듬던 도사의 허연 손이 떠올라 구역질이 솟구쳤다. 더는 듣고 싶지 않았다.

선애는 사회복지사에게 종종 연아와 연락을 하겠다며 지키지 않을 약속을 한 후 그룹홈에서 뛰어나왔다. 입에 신맛이 돌았다. 다리에 힘이 풀렸다.

투둑투둑. 잔뜩 어두워진 하늘에서 빗방울이 떨어지기 시작했다. 모든 것이 엉망이었다. 민서에게 전화를 할까 하다 고개를 저었다. 엄마를 만나는 날마다 도사 이야기를 꺼낸다는 아이들이었다. 스스로 감내해야 할 그리움의 무게를 아이들의 어깨에 얹을 수는 없었다. 그래도 엄마였다. 어떻게든 지켜 내야 할 마지노선이 있었다.

그룹홈에서 다시 연락이 온 건 며칠이 채 지나지 않아서였다. 앳된 목소리의 여자는 자신이 그룹홈에 새로 온 사회복지사라며 밝은 목소리로 인사를 건넸다.

— 안녕하세요. 사회복지사 한다솔입니다.
— 안녕하세요.

회사였다. 선애는 소리를 죽여 전화를 받았다. 종종걸음으로 복도로 나가는 그녀의 뒤통수에 쏟아지는 수많은 시선들이 느껴졌다. 상대의 목소리는 지나치게 크고 활발해 수화기를 뚫고 사무실 구석구석까지 퍼져 나갔다.

별로 궁금하지 않은 자기소개를 늘어놓는 그녀를 향해 선애가 조용조용 대답했다.

─ 지금 회사라서요. 무슨 일이실까요.

─ 아, 제가 양금숙 선생님께 인수인계를 받았는데요. 이번 주 목요일
  부터 다른 거주인들이 여름휴가 때문에 다 그룹홈을 비운다고 해서
  요. 혹시 연화 씨랑 며칠 같이 있어 주실 수 있는지 여쭤보려고 전화
  드렸어요. 그러면 좋을 것 같아서요.

순간 선애의 사고가 정지되었다. 상대가 하는 말이 무슨 소
리인지 이해하는 데에는 약간보다 더 많은 시간이 필요했다.
선애가 선뜻 대답을 하지 못하자 사회복지사는 그룹홈 운영
비는 한정되어 있는데 요즘 전기 요금이 많이 올랐다, 예산이
빡빡하다, 연화 씨가 혼자 남아 있어도 그룹홈에 에어컨을 틀
어 놓아야 한다, 연화 씨만 없으면 일주일을 에어컨 안 켜고
버틸 수 있다는 등의 이야기를 늘어놓았다. 결국 전기 요금을
내세운 본인의 유급 휴가 이야기였다. 잠시 침묵을 지키던 선
애가 완곡한 거절 의사를 내비쳤다.

새 사회복지사는 쉽게 포기하지 않았다.

─ 연화 씨 외박 정말 불가능할까요? 연화 씨는 일도 안 해서 낮엔 그
  룹홈에 혼자 있어야 하는데. 그러면 불도 켜 놔야 되고 이래저래 낭

비 같아서요.

  ─ 회사 그만둔 이후 낮엔 원래 혼자 있었잖아요. 그리고 연아 씨는 원

래 혼자서도 잘 있는 사람이에요.

매몰차게 전화가 끊겼다. 그리고 선애는 후회했다. 연아에

대해 잘 알지도 못하면서 오지랖을 부렸다. 혼자서도 잘 있을

지 나 따위가 어떻게 안다고, 부끄러웠다. 할 수만 있다면 땅

굴을 파서 지하로, 더 깊은 곳으로 들어가고 싶었다.

  통화를 마치고 사무실로 복귀하는데 김 대리와 눈이 마주

쳤다. 그는 선애에게 아직도 연아를 만나느냐 물으며 호기심

어린 표정을 지어 보였다. 자주는 아니고 가끔 연락을 주고받

는다는 대답을 하자 관심이 없던 척하던 송 주임도 키보드에

서 손을 뗐다. 그녀는 감동을 받은 듯 보였다. 회사 사람들 중

연아에게 이렇게까지 관심을 가져 준 사람은 선애가 유일하

다는 말이 덧붙었다.

  자랑스럽지 않았다. 전혀 뿌듯하지도 않았다.

  해가 뜬다고 했는데 폭우가 쏟아진 오후였다. 소나기겠거

니 했지만 비가 그칠 기미는 보이지 않았다. 반복해서 내리치

는 번개와 잇따르는 천둥, 그들을 가슴에 품은 먹구름이 대낮을 한밤처럼 보이게 만들었다. 번개가 한 번 번쩍할 때마다 사무실 사람들은 창밖을 내다보았다. 퇴근길이 걱정되는 평범한 오후였다.

그 오후, 선애의 휴대폰으로 전화 한 통이 걸려 왔다. 그룹홈이었다. 전화를 받지 말까 잠시 고민하던 선애는 복도로 걸어 나가 통화 버튼을 밀었다. 복도까지 걸어 나오는 사이 전화가 꺼지면 자연스레 받지 말자고 생각했는데, 벨소리는 끊길 기미가 보이지 않았다.

전화를 건 사람은 앳된 목소리의 여자였다. 하지만 지난번 통화했던 사회복지사와는 말투나 분위기가 전혀 비슷하지 않은, 다른 사람이었다.

– 안녕하세요. 저는 지난주에 그룹홈에 새로 부임한 사회복지사 이민지입니다.

– 네, 안녕하세요.

– 이전 담당 선생님께서 개인 사정으로 갑자기 퇴사하시는 바람에 제가 이곳으로 발령받게 되었어요. 아직 경력이 많지 않아 배우며 일하고 있습니다. 지난주에 바로 연락드리지 못해 죄송합니다.

그녀가 선애에게 사과를 할 이유는 어디에도 없었다. 선애는 자신은 그저 이전 직장 동료일 뿐이며 죄송할 것도, 이렇게 연락을 할 필요도 없다고 말하며 선을 그었다. 새 사회복지사는 그 역시 잘 알고 있다고 대답하며 그럼에도 부탁이 있다고 운을 띄웠다. 조심스러운 말투였다.

– 연화 씨가 단기 근로 아르바이트를 갔는데 갑자기 비가 많이 내려서요. 우산을 안 갖고 나갔는데 제가 자리를 비우기 힘든 상황이라 실례인 걸 알면서도 연락을 드렸습니다. 혹시 가능하시면 연화 씨에게 우산 하나만 전달해 주실 수 있으실까요?

예상치 못한 말이었다. 더불어 어린 시절이 떠올랐다. 갑작스레 비가 오는 날이면 학교 정문 앞은 우산을 들고 온 엄마들로 장사진을 이뤘다. 간혹 아빠들도 있었고, 할머니나 할아버지로 보이는 노인들도 있었다. 썰물이 빠져나가듯 어른들이 자녀들을 데리고 떠나면 선애는 가방으로 머리를 가리고 버스 정류장까지 뛰어갔다. 가끔은 박스를 뒤집어쓰기도 했고, 친구들에게 우산을 씌워 달라며 부탁한 날들도 있었지만 성격상 그러지 못한 날이 훨씬 더 많았다. 급식비를 못 내는 현실보다 혼자서만 비를 맞고 귀가하는 현실이 더 서러웠다. 영화처럼 어디선가 짠 하고 나타나 그녀의 머리에 우산을 씌워 준 사람은 고등학교를 졸업할 때까지 아무도 없었다.

그 때문인지는 알 수 없었다. 무언가에 홀린 사람처럼 선애는 작업장 주소를 보내 달라고 말했다. 퇴근 시간이 두 시간도 남지 않았는데 당일 반차도 냈다. 혼자 비를 맞고 작업장에서 걸어 나오는 연아를 상상하고 싶지 않았다. 이 정도, 그래, 딱이 정도까지는 신경을 써 줄 수 있었다.

작업장은 지하철에서 내려서도 10여 분을 더 걸어가야 하는 장소에 위치해 있었다. 지상 역사에선 비 내리는 소리가 서라운드 음향처럼 크게 들렸다. 우산을 써도 무릎까지 다 젖는 거센 빗줄기 속으로 선애가 걸음을 내디뎠다. 지적장애인들과 그들의 보호자로 보이는 사람들이 하나둘 골목에 보이는 걸 보니 퇴근 시간은 이미 지난 모양이었다.

문자에 적힌 주소는 아파트 단지와 다세대 주택 사이, 작은 교회의 맞은편 1층이었다. 실제로 보니 1층이라기엔 도로변보다 높이가 낮았지만 그렇다고 해서 반지하까지는 아니었다. 셔터 문은 이미 한 뼘쯤 내려와 있었다. 선애는 서둘러 문을 열었다.

문을 열자 나타난 건 새 세상이었다. 밖에서 볼 땐 개인 주택 차고지만 하겠다 싶었던 장소가 실제로는 차 열 대도 주차가 가능할 정도로 광활한 공간이었다. 거친 시멘트 바닥은 타일이나 장판 없이 그대로 노출되어 있었고, 한쪽 벽면을 따라서는 커다란 박스들이 빼곡하게 쌓여 있었다. 넉넉잡아 서른 명 정도는 족히 수용 가능한 공간이었다. 아직 정돈되지 않은 작업대들과 퀴퀴한 냄새가 이 장소에 대한 설명을 대변해 주는 듯했다.

퇴근 시간이 이미 지나 버린 시간, 작업장에 남아 있는 사람은 단 두 명이었다. 가장 안쪽 의자에 앉아 휴대폰을 보고 있던 연아는 선애를 보자마자 자리에서 벌떡 일어났다. 그녀는 놀란 표정으로 시선을 고정한 채 작업장 안쪽 보이지 않는 구역으로 들어가 선생님을 찾았다. 곧 그녀의 둥근 얼굴에 환한 미소가 번져 나갔다.

"선생님! 선생님! 선애 씨예요!"

대학을 졸업한 지 오래지 않았다는 젊은 사회복지사는 밑단이 다 젖은 선애의 바지를 보고 연신 고개를 숙였다. 선애는 그냥 퇴근했어도 이 정도는 젖었을 거라며 손을 내저었지만 사회복지사는 단호하게 고개를 저었다.

"튼튼한 우산을 연화 씨 드리고 편의점 비닐우산을 쓰시는 바람에 가방까지 다 젖으셨잖아요. 바빠도 제가 갔어야 했는데, 죄송합니다. 복지관에서도 아무도 갈 수 없다고 해서요. 죄송합니다. 정말 죄송합니다."

그녀의 사과는 단순한 인사치레가 아니었다. 마흔이 넘으니 표정만 봐도 사람의 진심이 대강은 보였다. 그럼에도 그녀가 왜 미안해하는지는 여전히 이해할 수 없었다. 미안함과 고마움을 구분 짓지 못하는 사회 초년생이 분명했다.

사회복지사는 그대로 되돌아 나가려는 선애를 다급하게 붙들었다. 식사라도 하고 가라는 말이었다.

"괜찮아요."

"제가 음식을 잘하지 못해서 보통 밀키트로 밥을 하거나 배달을 시켜요. 다른 건 당번을 정해 돌아가며 한다고 해도 저녁 식사는 제가 준비해야 하거든요. 거주인들도 퇴근하면 저녁밥 하기 힘들어하니까. 아시잖아요. 이분들 식사 준비 시작하면 못해도 세 시간은 걸리는 거."

알지 못했다. 그룹홈에서 식사를 한 적은 있었지만 그땐 다

차려진 밥상에 숟가락만 얹었을 뿐이었다. 연아와는 함께 워크숍도 다녀온 사이였지만 이제껏 연아가 진짜 요리를 할 줄 안다고는 생각해 본 적이 없었다.

사회복지사는 이미 선애의 몫까지 주문을 마쳤다며 재차 식사를 권했다. 물탱크가 들어찬 작은 원룸엔 따로 부엌이 없었다. 잠시 고민을 하던 선애는 결국 신발을 벗었다. 바닥에 물이 찬 신발에서 찰박찰박 소리가 났다.

사회복지사와 방문객들만 사용하는 위층 화장실에서 선애는 발을 씻었다. 거실로 나오자 따스한 차 향이 공기 중에 가득했다. 에어컨 바람이 너무 세서 몸이 떨리던 참이었다. 사회복지사가 귀여운 머그잔에 차를 담아 식탁에 내려놓았다. 생각해 보면 그룹홈 사회복지사들과의 대화는 언제나 이 식탁 앞에서 출발했다.

"새 컵 마련하셨네요."라는 말에 사회복지사는 발그레한 미소를 지어 보였다.

"이가 나간 것들도 있고, 거주인들은 젊은 분들인데 너무 옛날 감성의 그릇들만 있어서요. 지난주에 접시랑 컵, 그릇 같은 주방용품들을 거주인들과 함께 골라 봤어요. 너무 예쁘죠?

지금 봉사자님께서 들고 계신 컵은 연화 씨가 직접 고른 컵이에요."

봉사자라고 부르지 말아 달라는 말은 인수인계가 되지 않은 모양이었다. 그냥 고개를 끄덕인 선애는 오늘 방문했던 작업장이 연아의 새 직장인지에 대해 물었다. 사회복지사는 고개를 저었다.

"그런 건 아니고요. 추석 대비해서 갑자기 수주가 늘었다고 근처 작업장에서 공고가 났어요. 엄청 치열했는데 연화 씨가 서류 통과하고 면접도 잘 봐서 한 달 단기 근무 근로자로 뽑힌 거고요. 정말 잘됐죠. 연화 씨 돈 벌어야 하는데."

보통의 성인이라면 돈도 벌고 세금도 내며 사는 게 마땅하다. 하지만 그 앞에 붙은 '연화 씨'라는 단어가 선애의 마음을 불편하게 만들었다. 선애는 연아가 돈이 급한 상황인지 물었다. 사회복지사는 다시 한번 고개를 가로저었다.

"지금 당장은, 아니요. 연화 씨 생각보다 부자예요. 저보다 통장에 돈도 많고요. 여기 그룹홈에 거주하는 비용이 월 30만 원도 안 들거든요. 밥도 하루에 두 끼나 주고, 냉난방도 이렇게 빵빵한데요. 아, 물론 거주인들마다 내는 비용이 조금씩 다르긴 해요. 각자 처한 상황이 다 다르니까. 그리고 생활비가 거의

156

안 들어가는데도 국가에서 보조금은 꽤 많이 나오더라고요. 생계급여, 주거급여, 장애인 연금도 나오고, 병원에 가면 의료급여도 지급되고요. 그래서 연화 씨 월급이 50만 원도 안 되었던 걸 거예요. 수급액 맞추려고. 정확한 건 찾아봐야 하는데 월소득이 50만 원인가 60만 원인가가 넘으면 생계급여가 안 나와요. 중증장애인 같은 경우 본인과 보호자의 동의가 있으면 최저임금을 안 맞춰 줘도 법적으로 아무 문제 없고요."

선애는 방금 사회복지사에게 들은 말을 곱씹었다. 말인즉슨 돈을 거의 벌지 않아도 얼추 생활이 가능하다는 소리였다. 그런 상황이라면 연아가 왜 출근해서 돈을 벌어야 하는 것인지 근본적인 부분이 궁금했다. 선애의 시선이 머그잔을 향했다. 연아가 골랐다는 머그잔엔 노란 꽃잎들이 커다랗게 프린트되어 있었다.

사회복지사의 표정이 씁쓸해졌다.

"그게 여러 가지로 복잡한데요. 우선 연화 씨가 출근하지 않고 낮에도 그룹홈에 있으면 냉난방을 계속해야 하거든요. 여기가 보조금 받아 운영하는 곳인데 그것부터가 부담이 너무 크고요. 더 솔직하게 말씀드리면 냉난방비보다는 안전사고 때문이에요. 거주인들 인권 때문에 CCTV는 현관에만 설치되어 있는데 그룹홈 내부에서 사고라도 나면 다 저희 책임이 되어 버려요. 우리 거주인들은 모두 중증장애인들이잖아요. 언제 어디서 사고가 터질지는 아무도 모르는 일이다 보니 아무래도 시설 입장에서는 부담스러워요. 맞아요. 여기가 집 같긴 해도 결국엔 시설이에요. 그래서 그룹홈 내에선 마스크를 써야 하는 거예요. 남들은 위드 코로나다, 이제는 실내나 대중교통 이용 시엔 마스크를 벗어도 된다고 할 때도 끝까지요. 장애인 거주 시설은 모두 감염취약시설로 분류가 되어서 샤워할 때랑 밥 먹을 때 빼고는 항상 마스크를 쓰고 생활해야 하거든요. 이분들, 심지어 백신도 4차까지 다 맞았어요. 그래서 저도 봉사자님도 이곳에선 마스크를 써야 하는 게 원칙이에요. 지금은 차 마신다고 살짝 벗었지만."

"아직까지도요? 그러면 잠을 잘 때도 마스크를 써요?"

"네. 잠잘 때도 쓰는 게 원칙이에요. 퇴근하고 들어와서도 마스크를 계속 쓰고 있고, 세수하거나 머리 감으면 물기만 얼른 닦고 마스크 쓰고 나와야 하고."

"말도 안 돼요. 거주인들한테 여기는 집이잖아요."

"동시에 시설이고요. 저렴한 비용으로 숙식과 안전이 보장되는 대신 따라야 할 규칙들이 있는 거죠. 어쩔 수 없어요. 자기 혼자 사는 집이 아니니까."

"독립은 못 해요?"

사회복지사가 난감하다는 표정을 지어 보였다.

"돈이 많다는 게 그래도 몇백 정도 있다는 이야기지 집을 살 수 있다는 소리는 아니에요."

"월세로 독립하면 되잖아요."

"외부에서 월세 내고 관리비 내면서 살면 보조금으로는 많이 부족할 걸요. 어찌저찌 영구임대주택 들어간다 해도 사실 연화 씨, 혼자 할 수 있는 일이 많지 않아 삶의 질이 더 떨어질지도 모르고요. 유튜브도 알고리즘으로 뜨는 것만 보지 혼자서는 검색도 못 해요. 아직도 〈다모〉랑 〈시크릿 가든〉 〈더 킹〉 본다니까요? 쟤래 봬도 TV로는 옛날 드라마 절대 안 보는 사람인 거 아세요? 연화 씨, 드라마 쪽으로는 재방송도 취급 안하는 얼리 어댑터예요."

당혹스러웠다. 연아에게 〈더 킹 : 영원의 군주〉를 검색해 준 사람은 다른 누구도 아닌 선애였다. 연아가 아직도 그 드라마를 보고 있을 줄은, 옛 드라마들을 보는 이유가 스스로 검색을 하지 못해서인 줄은 상상도 하지 못했었다.

사회복지사는 더 충격적인 이야기를 꺼냈다.

"인수인계할 때 그래도 연화 씨는 한글이나 숫자를 이해할 수 있다고 들었는데요. 그런데 와서 보니까 아닌 거 있죠. 한글은 띄엄띄엄 읽긴 하는데 이해를 못해요. 덧셈은 1 더하기 1도 모르던걸요. 하긴, 다운은 20대 중반부터 노화가 시작된대요. 비장애인들보다 두 배, 상황에 따라서는 세 배의 속도로 노화가 진행된다고. 그래서 벌써부터 무릎하고 허리가 안 좋아요. 아직 20대인데."

믿을 수 없었다. 선애는 한 손으로 입을 틀어막았다. 카페에서 혼자 근무를 해내던, 커피 원두가 얼마 남았고 종이컵이 몇 줄 남았고 하며 재고 정리를 하던 연아가 평행 우주 건너 다른 사람처럼 아득하게 느껴졌다. 사회복지사가 무언가를 잘못 알고 있다고 생각했다. 사람의 젊음은, 능력은, 기억은 그렇게 쉽게 사라지지 않는다. 적어도 몇 달 사이에 진행될 범주의 일은 아니었다.

멀지 않은 곳에서 오토바이 소리가 들려왔다. 사회복지사가 카드를 챙기기 위해 종종걸음으로 사무실로 뛰어갔다.

"그래서요. 그래서 연화 씨는 돈을 벌어야 해요. 이렇게 계속 출근을 못 하면 그룹홈에서 나가야 하는데 그렇게 되면 지방, 지방 중에서도 인적이 드문 곳에 있는 기숙사형 거주 시설로 들어가게 될 테니까요. 그런 곳엔 보통 서른 명 이상의 성인장애인들이 공동 거주하는데 연화 씨는 거기서 견뎌 내기 힘들 거예요. 이래 봬도 서울에서 대중교통 이용해 혼자 출퇴근하는 사람이잖아요. 저보다도 도시 사람인데 어떻게 버티겠어요."

현관 벨이 울리고 식사가 도착했다. 아래층에 있던 거주인들이 계단을 올라왔다. 그 사이에 연아가 있었다. 샤워는 했어도 머리는 말리지 않은 연아가 축축하게 젖은 머리카락을 머리에 이고 선애를 물끄러미 바라보았다. 처음이었다. 선애는 고개를 돌리지 않고 연아의 시선을 끝까지 받아 냈다.

다음 날, 선애는 복직 후 처음으로 근무 시간을 사적으로 유용했다. 그간 회계 시즌을 치러 내느라, 시즌 후에는 하청업체들에 파견을 나가 있느라 딴짓을 할 시간 자체가 없었던 게 사실이었다. 하지만 잠시 여유 시간이 있는 날에도 선애는 '월급루팡'이 되지 않았다. 인터넷 쇼핑을 하는 일도, 동료가 아닌 지인들과 메신저로 대화를 나누는 일에도 기가 빨렸다. 담배를 피우지 않으니 담배 타임을 갖는 일도 없었고, 휴대폰을 들고 화장실에 들락거리는 일은 더 적성에 맞지 않았다. 해명하기 민망할 정도로 당연했지만 도덕성과 양심 때문은 아니었다. 그저 아무 일 없이 자리에 앉아 있으면 약에 취한 듯 정신이 멍해졌다. 무슨 생각과 상상을 했는지 기억이 나지 않았다. 정신을 차려 보면 이미 수십 분, 수 시간이 훌쩍 흐른 뒤였다.

평소와 다른 선애의 모니터 현황에 김 대리가 알은 체를 했다. 그녀의 모니터에는 장애인 고용 사이트 '워크투게더'의 홈페이지가 띄워져 있었다.

워크투게더는 고용노동부 산하 한국장애인고용공단에서 운영하는 장애인을 위한 구인구직 사이트였다. 그래도 장애인들의 취업은 정부에서 신경을 써 주는구나 하는 생각으로 접속한 페이지였지만 선애는 곧 견딜 수 없는 절망감을 느꼈다. 희망 임금이나 직종, 학력, 경력, 근무 지역 등을 전체로 놓고 검색한 일자리 수가 총 3,000건이 안 되었다. 일용직이 아닌 상용직 조건을 하나 걸긴 했지만 그건 연아가 그룹홈에 남기 위해 포기할 수 없는 마지노선이었다.

희망 지역을 서울 전 지역으로 설정하자 채용 건수는 500여 건으로 줄어들었다. 이마저도 장애인 우대, 장애인 병행, 장애인만 채용을 모두 합한 수요였다. 어떠한 직군의 어떠한 직무인지, 회사의 규모는 어떠한지, 연봉은 얼마인지, 근무 시간은 어떻게 되는지 등의 조건은 아직 설정하기 전이었다. 희망 직종을 바라는 건 과욕이었다.

연아는 지체장애인이 아니었다. 소담 같은 경계성 지적장애와 혼동되는 경증 발달장애인도 아니었다. 그래서 '장애인도' 채용하겠다는 통신기술개발자, 채권영업직, 광고사AE, 행정회계 업무, 그래픽디자이너, 텔레마케터 등의 구인 공고엔 지원할 수가 없었다. 떨리는 마음으로 장애인 병행채용의 체크를 해제했다. 그러자 남은 건 고작 150여 건의 구인 공고였다.

무언가 큰 걸 바란 게 아니었다. 적성은 처음부터 고려 대상이 아니었고, 희망 연봉도, 근무 형태도, 출퇴근 거리까지 모든 걸 맞출 수 있었다. 그저 낮에 일을 하고 월급을 받을 수 있으면 그만이었다. 아침에 출근해 저녁에 퇴근할 수 있는 직장이라면 어떤 일을 시켜도 가리지 않고 열심히 할 준비가 되어 있었다.

우리나라의 장애인 수를 검색해 보았다. 무려 250만 명이 넘었다. 지적장애인만 20만 명이 넘었다. 그중 서울에 사는 지적장애인의 수는 2만 6,000명 정도였고, 이들은 하나같이 중증장애인이었다. 지적장애인 중 경증장애인은 없었다. 지적장애인은 모두가 사회적 배려와 돌봄을 필요로 하는 중증 장애인들이었다.

이들이 서울에서 지원할 수 있는 구인 공고가 총 150여 건이었다. 어린이와 청소년, 노인을 제한다 해도 최소 만 명은 넘을 텐데, 이들이 지원할 수 있는 일자리 수가 고작 150여 건이었다. 물론 워크투게더 사이트엔 올라오지 않은 양질의 일자리들도 찾다 보면 많을 테다. 복지관에서 작업장을 두어 채용을 흡수하거나, 처음부터 발달장애인들의 자활을 목표로 설립된 기관들에서 제공하는 일자리 등. 하지만 이들이 관리할 수 있는 인원은 기관당 보통 수십 명에 불과했다. 여기에 더해 기존에 일하던 직원들은 자리를 한번 잡으면 비켜날 생각을 하지 않았다. 새롭게 성인이 되는 발달장애인들이 비집고 들어갈 틈은 쉬이 나지 않았다.

마우스 휠이 천천히 돌아갔다. 웹디자이너, 데이터분석전문가, 연구소 업무 보조 등의 구인 공고들이 보였다. 컴퓨터 화면을 뚫어지게 들여다보던 선애는 '아, 이마저도 지체장애인들과 함께하는 경쟁인 거지' 하는 생각에 아랫입술을 깨물었다. 지적장애인들이 근무할 수 없는 일자리들을 제하고 남은 공고 대부분은 청소와 경비 직군의 일들이었다. 업무 자체는 아무런 문제도 되지 않았으나 이럴 경우 그룹홈에서 나와 있어야 하는 시간과 근무 시간이 맞지 않았다. 머리가 지끈거렸다.

궁금해졌다. 유아기부터 온갖 병원들을 전전했을 발달장애인들이 초중고 특수학교를 거쳐 성인이 된다. 부모의 재력이나 정성을 기대할 수 없는 상황이라면 그냥 성인이 된다. 시간이 흐르면 복지관에서 직업 훈련을 받는 일도 힘들어진다. 매년 상당수의 발달장애 청소년들이 고등학교를 졸업하는데, 먼저 복지관을 다니던 사람들이 자리를 비켜 주지 않으면 어린 발달장애인들은 갈 곳이 없다. 서울시의 경우 각 구마다 발달장애인 평생교육센터가 존재하긴 하지만 기본과정 2년에 심화과정 2년, 총 4년의 교육과정으로 사실상 커리큘럼이 짜인 직업학교다. 평생이란 단어의 의미가 자꾸 무색해진다. 그런데 이마저도 TO가 최대 서른 명인 경우가 대부분이어서 센터에 들어가기란 그야말로 하늘의 별 따기다. 부모가 있어 직장을 알아봐 주고, 하고 싶은 일이 있으면 지원해 주고, 자녀를 위해 건강과 행복을 희생하지 않는다면 중증 성인 발달장애인들은 무슨 일을 할 수 있을까. 지금 이 시간, 20만 명이 넘는다는 그들은 어디에서 무얼 하고 있는 걸까.

서른 명 이상 생활 시설에 거주하는 성인 발달장애인들은 부모가 없거나, 있어도 돈이 없거나, 고령이거나, 혹은 형제나 다른 피붙이가 보호자인 경우가 대부분이었다. 이따금 연아처럼 법적인 가족이 전무한 사람들도 있었다. 비장애인들의 사정과 마찬가지로 발달장애인들도 쉽게 자립 혹은 독립을 하기엔 돈이 없었다. 있다 해도 차고 넘치진 않아 하루 24시간, 주 7일 내내 혼자 있는 시간을 세팅하긴 힘들었다. 친구를 만들고자 해도 사람을 만나기가 힘들었고, 취미를 배우고자 해도 연아처럼 글을 읽고 이해하기가 어려웠다. 인터넷 검색도 사실상 불가능했다. AI의 도움을 받아도 검색창의 AI는 표정과 몸짓이 동반되지 않아 정보의 온전한 이해가 힘들었다. 발달장애인들에겐 아직 사람의 손길이 간절했다.

김 대리의 질문에 선애는 고개를 가로저었다. 이게 무엇이냐는 질문에 제대로 답을 할 수가 없었다.

"이거 연아 씨 일 맞죠?"

"할 수만 있다면 취업을 도와주고 싶은데 쉽지가 않네요."

"사원님, 정말 대단해요. 저는 연아 씨와 더 오랜 시간을 일했는데도 새 직장을 함께 찾아 준다는 건 생각조차 못 했어요."

송 주임이 맞장구를 쳤다. 선애는 부끄러웠다.

팔짱을 끼고 있던 김 대리가 조심스레 물었다.

"그럼 연아 씨는 지금 집에만 있는 거예요?"

"요즘은 작은 작업장에서 일하고 있어요. 임시직으로요."

"퇴근하면서 한번 들러 저녁이라도 사 드려야겠네요. 송별회도 못 했는데, 그 생각을 못 했어요. 작업장 알려 주시면 제가 날 잡아 저녁도 대접하고 집에도 데려다줄게요. 기회를 만들어 주셔서 고마워요, 박 사원님. 많이 배워 갑니다."

누군가를 가르치거나 귀감이 되려 한 행동은 아니었다. 그래서 더 부끄러웠다. 검색창을 닫고 업무를 재개하려는데 전화벨이 울렸다. 발신인은 연아였다. 평소 전화가 끊기기만을 기다리며 연아의 연락을 무시했던 선애는 복도로 걸어 나가 초록색 통화 버튼을 진득하게 밀었다. 사과를 하고 싶었다. 미안한 마음이 든 건 아니었지만, 그냥 미안하다는 말 한마디를 하고 싶었다.

물론 사과의 한마디는 끝끝내 입 밖으로 나오지 않았다.

167

일상의
의미

그러니까요. 불쌍하다고 생각 안 했으면 좋겠어요.

아침에 일어나면 세수를 해요. 머리는 밤에 감아서 안 감아도 돼요. 요즘은 일부러 늦게 세수해요. 아래층엔 화장실이 하나예요. 세수는 안 해도 선생님 나갈 때 안녕히 가세요, 인사는 해요. 그러면 선생님이 연화 씨 이따 만나요, 해요. 그런데 연화 아니에요. 싫어요. 내 이름은 연아예요. 박. 연. 아.

선생님은 9시에 나가요. 그러면 TV를 틀어 놓고 세수해요. 원래는 아래층에 먹을 거 갖고 내려가면 안 되는데 그냥 갖고 내려와요. 깜빡 잊고 안 치워서 혼난 적도 있어요. 선생님 갑자기 일찍 와서 라면 먹던 거 옷장에 넣었다가 쏟아졌어요. 많이 혼났어요. 안 그럴게요. 그런데 아래층이 더 맛있어요. 한 번만, 한 번만요.

　방은 둘이서 하나 써요. 원래는 나영이하고 한방 썼는데 나영이가 나갔어요. 나영이가 자꾸만 엄마한테 이른다고 해서 나도 선애 씨한테 말할 거라고 했더니 크게 웃었어요. 화가 나서 나영이 브로마이드 찢었는데 나영이가 먼저 때렸어요. 내가 먼저 안 때렸어요. 머리카락이 자꾸 빠져서, 아파서, 그래서 같이 때렸는데 경찰서 갔어요. 경찰 아저씨도 내가 잘못했대요. 벌로 절에 일주일 동안 갔어요. 사과하고 싶지 않았는데 사람들이 자꾸만 하라고 해서 눈물 났어요. 무서워서, 무서워서 작게 사과했는데 사람들이 막 휴대폰으로 녹음했어요. 속상했어요. 그런데 스님이 참아야 한대요.

　나영이가 이른다고 했던 건 별거 아니었어요. 같, 같이 쇼핑 나가서 양말 샀는데 나영이 양말이랑 헷갈렸어요. 실수였는데, 나영이 새 양말 내가 신었다고 뭐라고 했어요. 선생님이 구분해 준다고 매직으로 내 양말에 표시를 했어요. 속상했어요. 내 거 말고 나영이 거에 표시해 달라고 했는데 내 거에 했어요.

　아침은 시리얼 먹어요. 그런데 오늘은 우유가 없어서 그냥 시리얼만 먹었어요. 물 마시는 걸 깜빡해서 약 먹을 때 한 모금 마셨어요. 물 안 좋아해요. 괜찮아요. 얼굴엔 로션 발랐어요. 예뻐요.

선생님은 요즘 걱정이 많아요. 새 가족을 구해야 하는데 사람들이 전화 안 한 대요. 남자 그룹홈은 금방 채워지는데 여자 그룹홈은 아니래요. 괜찮아요. 두 명 있을 때도 있었어요. 사실은 방 혼자 써서 좋아요.

약은 무릎 때문에 먹어요. 옛날엔 심장 때문에도 먹었고, 발 때문에도 먹었는데 이제 무릎 약 반 알만 먹어요. 발가락에 꼈던 건 뺐어요. 사실 요즘 조금씩 아파요. 그런데 아프다고 하면 교정기 껴야 해서 선생님한텐 안 아프다고 했어요.

아무도 없어도 나는 세수 잘해요. 소담이는 잘 안 씻어요. 요즘도 선생님 없으면 이 안 닦아요. 화장실 청소는 나영이 일이었는데 나가서 순서 정해서 해요. 이번 주는 지안이 차례예요. 나는 거실 청소해요.

낮엔 휴대폰 봐요. TV 재미없어요. 야구, 야구 좋아하는데 밤에만 해요. 소담이가 야구 안 보고 음악 방송 본다고 해서 돌아가면서 봐요. 네이버로 보는 방법 배웠는데 잘 안 돼요. 한글 읽을 수 있어요. 그런데 찾는 게 어려워요. 아니에요. 진짜 읽을 수 있어요. 자꾸 못 읽는다고 하지 말아요. 하지 말아요. 진짜 하지 마.

낮잠 자다가 유튜브 봐요. 소담이가 자기는 광고 안 본다고 자랑해요. 나도 해 달라고 했는데 선생님이 하지 말라고 했어요. 이건 속상해요. 하지만 괜찮아요. 사실 광고도 재미있어요.

회사 안 나간 지 한참 됐어요. 겨울부터 안 나갔는데 여름이에요. 중간에 단기 근로 일자리 다녀왔는데 금방 나오지 말랬어요. 일이 없대요.

이력서 직접 쓰고 싶은데 컴퓨터 잘 못해요. 선생님이 써 줘요. 면접 몇 번 갔는데 떨어졌어요. 왜 떨어졌는지는 모르겠어요. 일하고 싶어요. 회사 좋아요.

카페 전엔 포장했어요. 땅콩도 깠어요. 스티커도 붙였어요. 양말도 하고, 면봉도 했어요. 그런데 바리스타 제일 좋아요. 자격증도 있어요. 그런데 메뉴 너무 많으면 안 돼요. 아메리카노, 카, 카페라테, 카페모카, 캬라멜마끼아또 만들 수 있어요. 1년, 1년 넘게 교육생 했어요.

낮잠 가끔 자요. 매일 안 자요. 안 졸려요. 선애 씨한테 연락해요. 많이 안 하는데, 선애 씨 답장 안 하면 속상해요. 전화하면 안 받아요. 나빠요.

사실 좋아요.

그러니까 나는 불쌍하지 않아요. 그거, 실례예요.

반복해서 교육하면 해낼 수 있었다. 하지만 나이가 들어갈수록 교육의 기회를 접하기가 힘들었다.

장애의 범주는 칼로 무를 베듯 나누기가 힘들었다. 사람마다 갖고 있는 질환의 정도가 모두 달랐고, 진행 속도나 처방도 제각각이었다. 같은 다운증후군이라 하더라도 글을 읽을 수 있는 사람이 있고 없는 사람도 있다. 글은커녕 말도 이해하기 힘든 사람도 부지기수다. 한글을 섭렵하고 간단한 사칙연산도 할 수 있는 연아는 장애 아동 시설의 에이스였다. 후원자들의 도움으로 학습지 공부도 했고, DSLR 카메라 작동법도 익혔다.

고등학교를 졸업하고 복지관 직업교육과정을 수료하자 무언가를 배울 수 있는 기회는 더 이상 주어지지 않았다. 4~5년 과정의 평생교육센터가 있기는 했지만 그녀에겐 적절한 선택지가 아니었다. 평생교육센터 자체의 TO도 빠듯했거니와, 무엇보다 연아는 돈이 필요했다. 월급을 받기는커녕 매달 20만 원의 학습비를 지불해야 하는 평생교육센터를 옵션에서 지운 이유였다. 식대까지 포함하면 고정비만 매달 30만 원이었다.

끝없는 배움, 자아실현. 거주할 집이 있고 안정적으로 생활비를 대납해 줄 가족이 있다면 분명 탐나는 선택지였다. 아침에 나가 저녁까지 머물 수 있는 장소가 보장되는 일이었다. 그보다 더 나은 대안은 분명 많지 않았다.

그럼에도 연아는 좌절하지 않았다. 배우면 할 수 있는 일들이 적지 않다는 사실을 스스로가 누구보다 잘 알았다. 사내 카페 바리스타 업무는 그녀가 해낼 수 있는 많은 일들 중 하나에 불과했다.

연아는 불법 주정차 차량들을 구분해 낼 수 있었다. 어린아이들이 무단 횡단을 하지 않도록 수신호도 줄 수 있었다. 지하철에서 엘리베이터나 화장실도 잘 찾을 수 있었고, 카페나 식당에서 키오스크 사용도 혼자 곧잘 해냈다. 집중력이 좋아 휴대폰 액정에 필름도 깨끗하게 붙여 내곤 했는데 이건 비장애인들보다도 그 능력이 탁월했다. 관절염 약을 먹을 정도로 무릎이 좋지 않아 육체노동은 힘들었지만 그럼에도 아직 할 수 있는 일들이 할 수 없는 일들보다 많았다. 국가에서 보조금을 줄 테니 그냥 집에 가만히 있으라고 요구할 수 없는 이유였다.

아직 20대였다. 지적장애가 있다 해도 연아는 스스로의 자유의지로 오늘을 사는 평범한 사람이었다.

시설 거주 장애인들의 삶의 질은 사회복지사의 역량에 따라 크게 좌우된다. 규모가 작은 시설일수록 사회복지사가 미치는 영향은 더 크다.

퇴직 후 방에서 휴대폰만 하던 연아는 새로 온 사회복지사의 도움으로 구청 문화센터에 등록했다. 수강 과목은 베이킹 초급 코스였다. 일주일에 두 번씩 헬스장에 갔고, 가끔은 사회복지사와 단둘이 마사지도 받으러 다녔다. 코로나로 인한 각종 제재들이 풀리면서부터는 동네 카페로 나들이도 나갔다. 규제가 해제되었어도 마스크는 계속 썼는데, 이런 속박이 불편하지는 않았다. 어차피 그룹홈에서는 마스크가 필수였다. 입원 병동에 있는 병원 근무자들만큼이나 연아에겐 마스크가 익숙했다.

실외 마스크 착용 의무가 해제된 이후에도, 대중교통 마스크 의무가 해제된 이후에조차도 그룹홈에서는 마스크를 썼다. 장애인 복지시설은 규제 해제 대상에 포함되지 않았기 때문이었다. 신기한 건 이에 반기를 드는 사람이 보이지 않는다는 사실이었는데, 업계 종사자들은 장애인 복지시설의 구분을 세분화해 달라 이의를 제기하면 감사를 받을까 알아서 제풀에 몸을 사렸다.

사실은 작은 비밀도 있었다. 다른 거주인들과 선생님까지 모두가 그룹홈을 비우면 연아는 저절로 흘러내린 척 마스크를 벗었다. 혼자 있는 집에서만큼은 마스크 없이 숨을 쉬고 싶었다. 솔직히 말하면 잠을 잘 때 역시 다른 사람들 몰래 마스크를 벗었다. 이불을 머리까지 뒤집어쓰고 한쪽 귀에 걸린 마스크 끈을 빼면 아무도 알지 못했다. 물을 마시러 가는 길엔 CCTV가 있어 모른 척 카메라를 등지고 걸었다. 이건 연아만의 비밀이었다. 사실은 서로가 서로를 속이는 모두의 비밀이었다.

여름은 지나가며 흔적을 남겼다. 하나둘 옅어지는 축축한 비 냄새와 다시 단단해질 준비를 시작하는 대지, 눈에 띄게 짧아진 태양의 잔존 시간 등이 서늘한 바람에 앞서 여름과의 작별을 준비했다. 더불어 그 어느 때보다 풍성한 백수 생활을 즐기는 연아였다. 줄어드는 통장 잔고에 한숨을 짓는 일은 그녀가 아닌 사회복지사의 몫이었다.

추석이네요

보고 있어도 그리운 사람이 있다. 보지 못해 그리움을 애써 묻어 버리는 사람도 있다.

언젠가 옛 영화에서 정신병을 치료한다며 사람들 이마에 못을 박는 장면을 보았던 기억이 떠올랐다. 정신질환자들뿐만이 아니라 죄수들, 노예들, 정적들에게까지 이마에 못을 박았던 한 남자의 이야기였는데 결국엔 자신도 이마에 못이 박혀 쇠창살 안에 갇히고 말았다. 선애는 잠에서 깰 때마다 습관처럼 이마를 만지작거렸다. 이마 한가운데 녹슨 못이 박혀 버린 기분이 들어 항상 머리가 아팠다. 숨을 끝까지 쉬지 못하는 건 몇 달 전이나 지금이나 여전했다. 도저히 나아질 기미가 보이지 않았다.

아이들을 못 본 지도 어느덧 두 계절이었다. 하루가 다르게 자랐을 민서와 민준이가 궁금해 전남편의 SNS를 검색하다 선애는 예상치 못한 광경을 맞닥뜨렸다. 미친놈. 자신도 모르게 욕설이 튀어나왔다. 꺼끌꺼끌한 얼굴이 붉게 달아올랐다.

확신할 수 있었다. 전남편에게 새 여자가 생겼다. 오마카세, 특급 호텔, 공항 등에서 찍은 음식 사진들이 스무 개도 넘었다. 그의 인스타그램은 그가 선애와 연애를 시작했을 때의 싸이월드와 비슷했다. 아이들 사진을 보기 위해 찾은 전남편의 SNS에는 낯선 여자의 흔적들이 가득했다. 심장이 쿵쾅거렸다.

회사 사람일까? 골프 라운딩을 같이 돌던 여자? 어쩌면 아이들 학교에서 만난 학부형일 수도 있어. 그렇다면 불륜인데. 전남편이 불륜을 저지르면 아이들을 되찾아 올 수 있을까? 아이들은 시모에게 맡기고 감히 미혼인 척 인생을 즐겨? 이건 양육 의무를 저버린 귀책 사유 아닌가? 이렇게 되면 다시 양육권 소송을 해 볼 수도 있지 않을까?

생각이 여기에 미치자 선애는 들고 있던 휴대폰을 던져 버렸다. 전남편이 사 준 휴대폰이 물탱크에 부딪히며 챙 소리를 냈다. 울음이 터졌다. 현실을 자각하는 순간은 언제나 잔인했다. 만 분의 일의 확률로 아이들을 되찾는다 해도 그녀에겐 집이 없었다. 엄마가 되살아날 확률로 판사가 그녀의 손을 들어 준다 해도 물탱크가 들어찬 손바닥만 한 원룸에 아이들을 데려올 수는 없었다. 친정은 애초부터 선택지에 없었다. 더 이상 초가는 아니었지만 그 집 뒷마당엔 아직도 우물이 남아 있었다. 그곳으로 돌아갈 용기는 도저히 나지 않았다.

며칠 뒤면 추석이었다. 연아가 사는 그룹홈으로 사과 한 상자, 배 한 상자를 보낸 선애에게 사회복지사가 전화를 걸어 왔다. 상냥한 목소리였다. 고맙다는 인사와 더불어 그녀는 연아가 올해까지만 그룹홈에서 지내게 될 것 같다는 이야기를 꺼냈다. 아무렇지도 않아 보여 더 당혹스러웠다. 언제 한번 들르시면 좋겠다는 당부가 거센 채찍처럼 쓰라렸다. 며칠 전 전화를 걸어 와 뜬금없이 밥을 같이 먹고 싶다고 말했던 연아의 바람은 빈말이 아니었다.

지금의 선애에게는 취미도, 약속도 없었다. 도사의 흠결을 인지한 순간부터, 아니, 아동학대 혐의가 벗겨진 그날부터 그녀는 줄곧 혼자를 택했다. 어쩌면 사건이 터지기 훨씬 더 이전부터 이미 혼자였던 그녀였다.

퇴근 카드를 찍은 선애가 그룹홈행 버스를 탔다. 저녁에 할 일이 없는 건 어차피 연아도 마찬가지일 터였다.

다소 지친 표정의 사회복지사는 밝은 목소리로 선애를 맞이했다. 기다렸다는 듯 믹스커피를 타 들고 나오는 지안도, 한참 뒤에나 위층에 올라와 데면데면하게 인사를 건네는 연아의 모습도 모든 장면들이 그대로였다. 평소와 다른 점이 있다면 저녁 식사가 끝난 후에도 연아가 아래층으로 내려가지 않았다는 점이었다. 사회복지사와 대화를 나누던 선애가 연아의 얼굴로 시선을 돌렸다.

백수인 그녀의 눈가엔 다크서클이 짙었다. 운동을 한다면서. 베이킹도 배우기 시작했다면서. 아직 서른도 되지 않은 얼굴에 생기가 없었다. 평소에도 눈치를 많이 보는 편인 연아였지만 오늘은 정도가 유독 심했다. 사회복지사가 쓴웃음을 지어 보였다.

"이번 추석이 걱정돼서 그러는 걸 거예요. 다른 거주인들이 모두 집에 가게 되었거든요."

예상할 수 있었지만 예상하지 못했던 말이었다.

"그러면 그룹홈엔 연아 씨 혼자 남게 되나요?"

"그게, 방법을 찾고는 있는데 쉽지가 않네요. 보통은 어릴 때 살던 시설이나 스님께 부탁드리고는 했다는데 이번엔 다들 사정이 있으셔서요. 며칠 혼자 그룹홈에서 지내는 거야 별 문제가 안 되겠지만 그래도 명절이잖아요. 송편을 배송시키긴 할 건데……"

"연아 씨, 혹시 하고 싶은 거 있어요? 해 보고 싶었던 일이 있다거나 가 보고 싶었던 장소가 있다거나."

연아는 눈을 끔뻑였다. 입을 반쯤 벌리고 멍하니 앉아 있는 모습은 그녀를 평소보다 장애 정도가 심한 사람으로 보이게 만들었다. 무슨 말인지 이해하지 못해 고개를 갸웃거리던 연아가 계속되는 선애의 재촉에 입을 열었다. 그 모습이 무척 조심스러웠다.

그녀의 바람은 생각보다 스케일이 컸다.

"비행기 타 보고 싶어요."

생각지도 못했던 한마디에 사회복지사의 두 눈이 동그래졌다. 그녀는 선애의 눈치를 보며 연아에게 핀잔을 주었다.

"연화 씨, 지금 제주도 가는 비행기 가득 찼어요. 명절엔 표 구하기 힘들어서 못 가요. 봉사자님, 죄송해요. 요즘 거주인들이 제일 즐겨 보는 프로그램이 여행 방송들이거든요. 다른 거주인들이 자꾸 본인들 다녀왔던 해외여행에 대해 이야기하고 사진도 보여 주고 하니까 연화 씨도 가고 싶어졌나 봐요."

사회복지사의 첨언은 선애가 차마 예상하지 못했던 말들이었다. 어찌 되었든 시설에 거주하는 장애인들인 만큼 해외여행과는 거리가 멀 거라는 편견이 있었는데 소담과 지안 모두 캐리어를 끌고 인천 공항에 꽤나 나가 보았다는 후문이었다. 의사 교수 아버지를 둔 소담의 경우엔 1년에 두세 번씩 정기적으로 해외여행을 다녀온다고도 했다. 살면서 해외에 나가 보지 못한 사람은 그룹홈에서 연아가 유일했다. 그녀의 비행은 초등학생 시절, 장애 아동 시설에서 다 함께 제주도를 다녀왔을 때가 유일하다는 설명이 뒤따랐다.

연아의 눈이 실망과 기대를 담아 흐릿해졌다.

"비행기 타고 싶어서."

"비행기 좁아서 답답해요."

"잘할 수 있어요. 가만히 앉아 있을 수 있어요."

"연화 씨 외국말도 못 하잖아요."

"요즘 공부하고 있어요. 영어 좋아요. 하이. 헬로."

방긋 웃으며 손바닥을 흔드는 연아의 동작에 선애의 입에서 저항 없이 웃음이 새어 나왔다. 영어는 어디에서 접한 건지, 도대체 누구에게 배운 건지 알 도리가 없었다. 결국 선애는 소리 내어 웃음을 터뜨렸다. 우는 건지 웃는 건지 잔뜩 일그러진 얼굴이 점점 붉게 변했다.

연아는 곧 시설로 들어갈 테다. 그룹홈도 시설이긴 했지만 새로 이사를 가는 곳은 지방에 위치한, 심지어 차 없이는 접근도 힘들다는 두메산골이었다. 수용 정원만 100명이 넘는다는 기숙사형 시설에서 그녀는 매일 아침 뜨는 해를 맞이하고 매일 밤 지는 해를 떠나보내겠지. 그때도 오늘처럼 얼굴을 맞대고 식사할 수 있을지 생각해 보면 회의적이었다. 미래의 자신에게 확신이 들지 않았다. 메신저에 답장을 하고 가끔 통화를 하는 건 가능하겠지만 가족처럼 꾸준히 면회를 가는 일은 아마 일어나지 않을 테다.

사람이 사람에게 하는 약속에는 책임감이 뒤따라야 한다. 겨우 웃음을 멈춘 선애가 연아의 말에 답했다.

"비행기 타면 어디 가고 싶은데요?"

"영어 쓰는 나라요."

"미국이나 영국은 너무 멀어서 못 가요."

"영어 좋아요. 한 번만. 한 번만요."

사회복지사가 연아의 말을 제지하려는 찰나, 선애가 고개를 끄덕였다.

"그래요. 그럼 홍콩으로 가요. 선생님, 제가 연아 씨랑 추석에 홍콩 다녀올게요. 그래도 괜찮을까요?"

"연화 씨야 성인이니 저한테 허락받을 필요는 따로 없지만……. 괜찮으시겠어요? 연화 씨랑 단둘이 해외에 나가야 하는 일인데요."

"괜찮아요. 저도 오랜만에 해외 나갈 생각하니 설레는걸요. 예약하고 일정 잡히는 대로 연락드릴게요. 여기 명함이요. 휴대폰도 메일도 다 개인 계정이니 필요한 일 있으면 언제든지 편하게 연락 주세요."

오랜만이란 말은 진짜였다. 선애에겐 무려 신혼여행 이후 첫 해외여행이었다. 그 여행을 발달장애가 있는 전 직장 동료와 함께할 것이라고 예상한 적은 없었지만 아무려면 싫었다. 이 또한 나쁘지 않겠다 싶었다.

선애의 말을 들은 연아의 표정이 화사하게 흐드러졌다. 마치 연잎 위에 붉게 피어오른 연꽃 같았다.

여행 비용은 당연히 선애가 부담할 예정이었다. 연아의 사정을, 그간 받았던 월급까지도 모두 알게 된 상황에서 비용을 나눠 내자고 말을 꺼낼 수는 없는 노릇이었다. 하지만 다음 날

전화를 걸어 온 사회복지사는 다소 당혹스러운 이야기를 꺼냈다. 어차피 시설로 들어가면 사용할 데도 없을 돈, 이번 여행 비용은 연아가 부담하겠다는 설명이었다.

선애는 본능적으로 거절 의사를 내비쳤다. 하지만 사회복지사는 완강했다. 돈보다 중요한 시간과 경험을 선물해 줄 사람에게 이 정도 지원은 당연하다는 설득이었다. 여행 경비를 내겠다고 주장한 사람이 연아 본인이라는 건 한참 뒤에야 알게 된 사실이었다. 동의를 표하는 행위를 넘어 연아가 직접 돈을 내겠다는 의사를 강력하게 피력했다는 이야기를 전해 들은 후 먼 훗날 선애는 또 한 번 무너져 내렸다.

코로나 팬데믹이 어느덧 역사의 한 장면으로 넘어가 버린 추석이었다. 더 이상 비행기에서 마스크를 쓰지 않아도 되는 첫 명절, 인천 공항은 해외에 나가려는 사람들로 인산인해를 이뤘다.

못 본 사이 공항은 완전한 21세기로 변모해 있었다. 일반석을 예매한 승객들은 키오스크를 이용해 자동 발권을 해야 하는 시대가 도래하고 만 것이다. 하지만 연아는 장애인 할인을 받아야 해 대면 발권을 진행해야만 했다. 여권을 요구하는 승무원에게 연아는 "비행기 처음 타요. 아니, 제주도 다음 두 번째예요."라고 말하며 활짝 웃었다.

"연아 씨, 그게 아니라 여권하고 복지 카드요."

난감해하는 선애를 향해 중년의 승무원은 "천천히 하셔도 돼요. 교통약자 우대 출구로 나가실 거라 시간 여유 많아요."라며 미소를 지어 보였다. 친절한 발권 뒤에 이어진 건 프레스티지석으로의 업그레이드였다. 선애가 연아에게 승무원을 향해 감사 인사를 드릴 것을 권했다. 연아가 "고맙습니다."라며 허리를 숙이자 승무원은 함께 고개를 숙여 주었다. 사회에선 쉽게 받아 보지 못했던 배려와 존중이었다.

이어진 출국 검사장에서는 애써 바리바리 싸 온 가방을 열어젖혀야만 했다. 연아의 가방 안에서 발견된 커다란 스킨과 로션, 벽돌만 한 보조 배터리와 눈썹 칼 때문이었다.

"연아 씨, 금지 물품 다 뺐다면서요."

선애의 타박에도 연아는 "아, 맞다. 까먹었어요." 하며 태연한 반응을 보였다. 다시 나가 물품을 부치시겠냐는 질문엔 그냥 다 버려 달라는 선택지를 택했다. 생각 외로 본인 소유 물건에 대한 집착이 없는 그녀였다.

보안 검사를 통과한 후엔 면세점으로 향했다. 연신 "오케이!"를 외치던 연아는 큰 소리로 박수를 쳤다. 뭐가 그리 재미있는지 배까지 붙잡고 한참을 낄낄거렸다.

공항 내 스타벅스에서 커피를 사고, 면세점에서 화장품도 사고, 커다란 조형물 앞에선 사진도 찍었다. 프레스티지석 전용 출구로 비행기에 탑승하면서 연아는 트레이에 준비된 신문도 집어 들었다. 자세히 들여다보니 영자 신문이었다. 선애가 헛웃음을 터뜨렸다.

"연아 씨, 그거 읽을 수 있어요?"

"오케이! 읽을 수 있어요."

선애는 어이가 없어 그 모습을 휴대폰 카메라에 담았다. 근 1년 만에 손을 댄 사진 앱이었다. 자기 사진을 찍는 걸 인지한 연아가 웰컴 드링크와 영자 신문을 양손에 들고 포즈를 취해 보였다. 어색하고 우스꽝스러웠다. 꼭 사랑받고 태어나 귀하게 자란 부잣집 외동딸 같아 보였다.

성인이라면 입국 수속은 누구나 혼자 해야 했지만 그마저도 연아에겐 예외였다. 연아의 얼굴을 본 입국 심사 담당자는 보호자를 찾았다. 멀리 떨어진 입국 심사대에서 홀로 입국 심사를 받던 선애는 다급하게 담당자에게 끌려갔다. 가족은 아니다, 그냥 여행을 왔다 등의 구문들을 조각조각 말하던 선애의 입에서 결국 'volunteer'라는 단어가 튀어나왔다. 둘이 무슨 관계냐는 질문에 동료나 친구라고 대답을 했다가는 더 깊게 캐묻거나 범죄자로 오인할 것 같아서였다. 그동안 사회복지사들이 왜 그녀를 봉사자님이라 불러 왔는지 어렴풋이 이해가 가는 순간이었다.

영어를 많이 연습했으니 자신만 믿으라던 연아의 표정은 겁에 질려 있었다. 언제나 한 걸음 떨어져 옆을 내주지 않던 그녀가 선애의 팔에 먼저 몸을 밀착시켰다. 무사히 입국 수속을 마치고 공항 철도인 AEL에 오른 뒤에야 연아의 입이 작게 열렸다.

"헬로!"

그에 놓칠세라 선애가 타박을 놓았다.

"아니, 이렇게 잘할 거면 아까 영어를 하지 그랬어요?"

"그러려고 했는데 선애 씨가 다 해 버렸어요. 헬로! 오케이! 땡큐!"

애교가 그득했다. 연아는 선애의 어깨에 고개를 기댔다.

항공권과 더불어 호텔 예약 비용은 모두 연아의 통장에서 빠져나갔다. 단, 선애의 비행기푯값은 선애가 지불해야 했는데, 사회복지사는 상부에 사용 내역을 보고해야 하니 양해해 달라는 말을 잊지 않았다. 관심이 없어 뒤늦게 알았지만 연아가 사는 그룹홈은 그녀가 어릴 적 살던 장애 아동 시설의 부속 기관이었다. 지금까지 만난 사회복지사들은 모두 그곳 소속이라는 말이었다. 해당 단체는 다섯 살 연아에게 품을 내준 비구니가 직접 아이를 맡긴 기관이기도 했다.

숙소는 홍콩 섬이 한눈에 보이는 5성급 호텔이었다. 호텔을 선택한 사람은 전적으로 연아였다. 신혼여행 이후 처음 들어와 보는 고급 호텔의 로비에서 선애는 아랫입술을 깨물었다. 경우 없이 전남편이 떠올랐다. 출장이다, 골프다 하며 종종 해외에 나갔던 그는 그녀와 아이들 없이 이러한 고급 호텔을 많이도 이용했을 것이다.

배정된 방에 짐을 풀고 내려온 선애가 연아를 내려다보았다. 그녀들은 서로의 손을 꼭 붙잡고 있었다.

"연아 씨, 가 보고 싶은 곳 있어요? 해 보고 싶은 거는요?"

"저기서 커피 마시고 싶어요."

연아의 손가락이 가리키는 곳은 호텔 1층 로비에 있는 넓은 라운지였다. 삼삼오오 모여 애프터눈티 세트를 즐기고 있는 사람들이 보였다. 예쁜 새장 모양의 트레이에 담긴 앙증맞은 디저트들이 더할 나위 없이 고급스러웠다.

어이가 없었다.

"연아 씨, 여기는 무려 홍콩이잖아요. 겨우 2박 3일 일정인데 밖에 나가 봐야죠."

"한 번만. 한 번만요."

커다란 목소리, 애교 어린 동작, 조금 다른 생김새. 홍콩에서도 금방 사람들의 이목이 연아에게 집중되었다. 그래, 그럴 수도 있는 일일 테다. 큰마음 먹고 처음 나온 외국이라지만 그저 호텔에 머물고 싶을 수도 있는 거겠지. 타인의 욕망이 나와 같기를 바라는 건 욕심이었다.

끊이지 않는 한 번만의 굴레에 선애는 결국 눈을 질끈 감았다.

"그래요. 그럼 우리 저기 가서 차 마셔요. 대신 너무 비싸면 내가 다 안 내고 반반 낼 거예요."

"응. 행복해. 연아 행복해요."

유아 퇴행적 반응이었다. 그 모습이 징그러워 보이지 않았다. 사랑스러웠다.

그녀들은 홍콩의 풍광 속에 자연스럽게 녹아들었다. 침사추이 뒷골목을 걷다 허름한 국숫집에 들어가 이름 모를 국수를 먹고, 페리를 탄 후엔 홍콩 섬으로 건너갔다. IFC몰을 구경하고, 끝이 보이지 않는 구름다리 위를 걸어 다녔다. 그중 연아가 관심을 보인 건 바닥에 박스를 깔고 앉아 있는 수백 수천 명의 동남아 여성들이었는데, 홍콩의 중산층 가정에서 가정부로 일하는 그녀들은 주말마다 거리로 나와 삼삼오오 모여 시간을 때웠다. 그 사실을 알 리 없는 연아는 저 사람들을 도와야 한다며 지폐를 들고 무대포처럼 그녀들에게 돌진했다. 선애는 연아의 손을 다급하게 붙들었다. 먼저 도움을 청하지 않은 이에게 도움의 손길을 내미는 건 오지랖이었다. 무례한 폭력이었다. 말이 통하든 통하지 않든 조심해야 할 민감한 주제를 앞에 두고 선애는 결국 연아의 보호자처럼 행동했다.

홍콩역에서 센트럴을 거쳐 미드레벨 에스컬레이터를 탔다. 소호 거리에 내려 작은 가게들을 구경하고, 유명한 벽화 앞에서 사진도 찍었다. 란콰이퐁까지 걸어간 후에는 사람들이 줄지어 선 카페에 들어가 커피를 마셨다. 옆 가게로 옮겨가서는 아이스크림을 사 먹었고, 명품 숍들이 즐비한 거리에서 아이쇼핑도 즐겼다. 명품 매장에서 옷을 사겠다며 버티는 연아의 팔목을 붙든 사람 역시 선애였다. 선애는 몇만 원대의 저렴한 티셔츠들을 파는 쇼핑몰로 연아를 끌고 갔다. 원하는 옷을 사지 못했다며 입술이 댓 발만큼 나온 연아였지만 막상 새 옷을 결제하자 그녀는 언제 그랬냐는 듯 환한 미소를 지어 보였다.

날이 어두워지며 추적추적 비가 내렸다. 그녀들은 보슬비를 맞으면서도 끊임없이 걸었고, 잔뜩 안개가 껴 아무 것도 보이지 않는 관람차에 올라 시시덕대며 서로의 사진을 찍었다. 렌즈를 통해 본 연아는 눈 화장이 빗물에 번져 우스꽝스러운 모습이었다. 눈썹도 거의 다 지워져 꼭 피에로처럼 보였다.

찰나 같았던 2박 3일이 지나갔다. 공항으로 향하는 AEL에서 연아는 스타벅스 커피를 마시고 싶다고 말했다. 이틀 전, 인천 공항에서 긴 기다림 끝에 받아 들었던 스타벅스 커피 두 잔이 꽤나 인상 깊었던 모양이었다. 선애는 AEL 무료 와이파이에 접속했다. 인터넷엔 홍콩 공항 스타벅스 매장에서 찍었다는 사진들이 끝도 없이 올라와 있었다. 선애는 출국 수속 후 탑승장에서 스타벅스 커피를 마시기로 연아와 손가락을 걸고 약속했다.

그런데 문제가 생겼다. 탑승장 어디에도 스타벅스의 로고가 보이지 않았다. 과거 스타벅스 매장이 있었다는 공항에는 퍼시픽 커피의 로고만이 선명했다.

선애는 연아에게 양해를 구했다.

"연아 씨, 여기에서 커피 마셔도 돼요? 코로나 때 매장이 바뀌었나 봐요."

"스타벅스 마시고 싶어요."

"퍼시픽 커피도 맛있어요. 심지어 여긴 홍콩 자체 브랜드래요. 홍콩까지 왔으니 오히려 잘된 거 같은데요?"

"스타벅스 좋아서. 스타벅스 커피 좋아해요."

"그런데 없잖아요. 없는 스타벅스를 제가 만들어 줄 수는 없어요."

"스타벅스. 선애 씨가 스타벅스에서 커피 사 준다고 했어요."

"맞아요. 그랬어요. 그런데 스타벅스가 없어요. 자, 저쪽 봐요. 저쪽에도 없죠?"

"약속, 약속했어요."

"됐어요. 그럼 우리 커피 마시지 말아요."

"커피 마시기로 했어요. 오늘 커피 한 잔도 안 마셨어요."

"어떡하라고요. 그러면 일단 여기에 줄 서요?"

입술이 뾰로통하게 튀어나온 연아는 선애를 따라 퍼시픽 커피 카운터 앞에 줄을 섰다. 하지만 그녀의 구시렁거림은 쉬이 멈추지 않았다. 외국 공항이라지만 국적기 탑승구 근처였다. 여기저기에서 수군대는 목소리들이 들려왔다. 대놓고 말은 하지 않더라도 흘긋흘긋 그녀들을 쳐다보다 눈이 마주치면 고개를 홱 돌려 버리는 사람들도 하나둘 늘어 갔다.

어느덧 주문을 할 순서가 찾아왔다. 선애는 연아에게 어떤 커피를 마시고 싶은지 물었다.

"뭐 마실래요?"

"스타벅스. 스타벅스에서 캬라멜마끼아또 마실 거예요."

"저기 카페캐러멜이 비슷한 메뉴인 거 같아요. 저거 시켜요?"

"스타벅스 아니에요."

"연아 씨, 여긴 스타벅스가 없다니까요?"

"있다고 했어요. 스타벅스 마시고 싶어서. 한 번만. 한 번만요."

"아니, 한 번이고 나발이고 스타벅스가 없다니까요? 연아 씨, 도대체 왜 그래요. 우리 빨리 주문해야 해요. 뒤에 사람들

줄 서 있는 거 안 보여요?"

"스타벅스 가고 싶어요. 캬라멜마끼아또 마시고 싶어요."

말이 통하지 않았다. 결국 선애는 자신이 마실 커피 한 잔만을 주문했다.

그녀들은 가방을 사이에 두고 각자 한 칸 떨어진 의자에 자리를 잡았다. 배가 고픈 것도 아닐 텐데 연아는 그룹홈 친구들에게 주려고 샀던 제니쿠키를 뜯어 본인 입으로 가져갔다. 잔소리를 하려던 선애가 입을 다물었다. 이제 곧 서울로 돌아갈 시간이었다.

비행기에 탑승하면서도 그녀들 사이엔 대화가 없었다. 프레스티지 좌석으로의 업그레이드라는 행운은 두 번 주어지지 않았다. 선애는 이코노미석에 몸을 구겨 넣은 채 잠을 청했다. 세 시간 반이 훌쩍 지나갔으면 싶었다. 감기 몸살이 오려는지 등이 아팠다.

연아의 결혼 소식을 전해 들은 건 그로부터 반년 뒤였다. 낯선 이름의 사회복지사가 선애에게 전화를 걸어 왔다.

연아 씨가요?
결혼한다고요?

처음엔 보이스 피싱을 의심했다. 하지만 모바일 청첩장에 적혀 있는 이름은 분명 박연화였고, 촌스러운 웨딩드레스를 입은 채 포즈를 취하고 있는 여자 역시 박연아였다.

사실 확인 정도는 해 볼 필요가 있었다. 선애는 그룹홈에 전화를 걸기 위해 서둘러 사무실을 빠져나갔다. 그런데 복도의 분위기가 평소와 사뭇 달랐다. 영업 준비를 하고 있는 엘리베이터 앞 사내 카페가 눈에 들어왔다. 곰곰이 생각해 보니 아침 회의 시간에 사내 카페에 새 장애인을 한 명 뽑았다는 공지 사항을 들은 것도 같았다.

새 바리스타는 스물은 넘겼을까 싶은 어린 발달장애인이었다. 원래 그녀를 담당하기로 한 직원은 세 달 전 입사한 영업 팀 신입이었는데, 김 대리가 전무를 직접 찾아가 관리자를 자원했다고 했다. 대졸 신입 사원이 발달장애인 동료를 관리 감독하는 일은 적절하지 않아 보인다는 게 그의 주장이었다. 전무 입장에서도 거절할 이유가 없는 업무 분장이었다. 이미 장애인 동료 여럿을 겪어 본 사람이니 업무가 과하게 많아 보인다는 것만 빼면 김 대리는 분명 최고의 적임자였다.

복도에서 선애는 모바일 청첩장을 보낸 사람에게 보이스톡을 걸었다. 긴 통화음 끝에 상대가 전화를 받아 들었다. 그룹홈의 이번 담당자는 나이가 꽤 있어 보이는 사회복지사였다. 사투리 색 진한 서울 말씨가 꼭 초면인 그녀들의 대화만큼이나 어색하게 느껴졌다.

– 안녕하세요. 저는 연아 씨의 전 직장 동료 박선애라고 합니다.

– 안녕하세요. 안 그래도 이야기 많이 들었어요. 연화 씨한테 하나 있는 친구라고 하데요. 친정 언니 같은 사람이라던데요.

말문이 막혔다. 친정 언니라니. 자신은 그런 대접을 받을 만한 사람도 아니고, 연아와 그런 관계로 발전하고 싶은 생각도 없다고 항변하고 싶었다.

선애는 질끈 눈을 감았다.

- 제가 지금 연아 씨 청첩장을 받은 거 같아서요. 이게 맞는지 여쭤보
  려고 전화드렸어요.
- 맞아요. 일이 그렇게 됐어요. 연화 씨 올봄에 결혼합니다. 청첩장 나
  오고 혹시 연락할 사람 있냐고 물어보니 박선애 님 전화번호 하나 주
  데요.
- 그런데 상대가 나이가 좀 있어 보여서요. 맞나요?
- 그게……

사회복지사는 한동안 뜸을 들였다. 그러고는 무언가 중대
한 결심을 한 듯 목소리에 힘을 주었다.

- 작년에 연화 씨가 취업이 안 되어가 무연고 중증장애인 시설에 가기
  로 되어 있었던 건 알고 있죠?
- 네.
- 여기 생활 다 정리하고 이사 갈 시설에 적응하려고 새 자조 모임 하
  나 나가기 시작했는데 거기서 둘이 호감을 갖게 되었다나 봐요. 나도

197

내가 없을 때 일어난 사건이라 잘은 모르고.

– 청첩장의 이분과요?

– 맞아요. 신랑 될 남자분은 봉사자였는데 둘이 말이 잘 통했대요. 그러다 둘이서만 밖에 나가서 밥도 먹고, 데이트도 하고. 그러다 결혼하기로 했다 하데요. 이왕 할 거면 무연고 중증장애인 시설에 들어가기 전에 얼른 합쳐 버리자고. 성인들이잖아요. 정분나면 금방이지.

물론 그럴 수도 있는 일이었다. 하지만 연아도 그럴 수 있는 일인가를 반문하자 쉽사리 입이 떨어지지 않았다.

역시나 한참 동안 침묵을 지키던 선애가 새 사회복지사를 향해 다시 물었다.

– 남성분 연배가 연아 씨랑 많이 차이 나나요?

– 그게, 쪼끔 나요.

– 몇 살이신데요?

이번에도 사회복지사는 말에 뜸을 들였다. 결국 그녀의 입에서 한숨이 튀어나왔다.

― 예순 전후라 합디다.

― 예순이요?

일순간 선애의 목소리가 비명처럼 커졌다. 그에 유리벽 너
머 카운터 안쪽에 앉아 휴대폰을 보고 있던 새 바리스타가 고
개를 들었다.

사회복지사는 말을 에둘렀다.

― 그 정도 된다고 했는데 나도 정확히는 몰라요. 아마 그보단 적을 거
  예요.

― 연아 씨 지금 스물아홉 아니에요?

― 올해 생일 지나면 서른이지.

― 아니. 그게 아니라.

말이 제대로 나오지 않았다. 예상치 못했던 소식에 당황까
지 하다 보니 혀가 빳빳하게 굳어 움직이지 않았다. 머릿속도
엉망인데 애써 생각해 둔 말까지 자꾸만 꼬였다.

결국 선애의 입에서 나온 건 상대는 무얼 하는 분이냐는 진
부한 질문이었다.

- 농사지으신다고. 이거저거 많이 하는 분이래요. 사실은 나도 잘 몰
   라요. 데리러 왔을 때 한 번 인사한 게 전부예요.
- 벌써 갔어요?

대화는 자꾸만 뚝뚝 끊어졌다. 얼굴 한 번 본 적 없는 그들
은 서로에 대해 죄책감을 느끼는 중이었다. 하지만 부끄러움
은 결코 본인들의 영역이 아니었고, 이 모든 일이 누구의 탓도
아니라는 걸 잘 알고 있었다.

그랬다. 누구의 잘못도 아니었다. 어쩌면 고정관념일 뿐 그
들은 행복한 결혼 생활을 목전에 두고 있는 평범한 신혼부부
일지도 몰랐다. 그래, 그럴 수도 있었다. 분명 법적으로는 아
무런 문제도 없었다. 모든 것이 괜찮았다.

괜찮았다.

…….

긴 침묵 끝에 먼저 입을 연 사람은 사회복지사였다.

- 갔어요. 나 여기 오고 한 달도 안 돼서 신랑 될 사람이 데려갔어요.
   연화 씨는 결혼한다고 신이 나서 짐을 싸던데요? 웨딩 촬영 하는 날
   은 청담동 가서 메이크업도 받고, 스튜디오에서 사진도 찍고. 그래도

남들 하는 건 다 했어요. 본인이 좋다는데 우리가 뭐라고 해요? 막말로 보호자가 있는 사람도 아니고, 어깃장 놓을 가족이 있을 정도로 돈이 있는 것도 아니고. 어찌 되었든 그래도 남들처럼 예식장 빌려서 결혼식 하잖아요. 연화 씨는 그 자리에 봉사자님이 왔으면 좋겠나 봐요. 가족석에 아무도 안 앉아 있으면 그게 더 속상하다고.

다시 한번 감히 가족이라 부르지 말라고 따지고 싶었다. 가족 그거, 생각보다 별거 아니라고 소리라도 지르고 싶었다. 하지만 목이 막혔다. 무언가 단단하게 목구멍을 막고 있어 하고 싶은 말들이 모조리 가로막혀 버린 기분이었다.

주먹을 꽉 쥔 선애가 억지로 목소리를 쥐어짜 냈다.

– 어딘데요?

– 네?

– 연아 씨 데려간 사람이 사는 곳. 어딘데요?

이 말을 들은 사회복지사는 전과 달리 단호한 목소리로 선을 그었다. 상대를 가르치는 말투 같기도, 같잖은 충고 같기도 했다. 일종의 경고였으며, 협박이었다.

― 봉사자님, 선생님이 책임질 거 아니면 괜한 희망 주지 마세요. 연화

씨한테 희망 주고 내뺀 사람, 부모 둘만 해도 충분하잖아요.

하늘은 잿빛이었다. 미세먼지가 세상을 온통 뒤덮어 멀리

있는 산들은 윤곽만이 희미했다. 두 시간에 한 번 운행한다는

시골 버스에 오른 선애가 손톱만큼 창문을 열었다. 먼지바람

이 느껴졌다. 꽉 막혔던 숨통이 조금은 트이는 기분이었다.

선애는 사회복지사의 불편한 표정을 떠올렸다. 마지못해

주소를 건네는 그녀의 표정은 반년도 넘게 연아를 찾아오지

도 않았다면서 무슨 낯짝으로 이런 것까지 요구하느냐는 힐

난에 가까웠다. 초면인 선애를 향해 지금 당신 실수하는 거라

는 겁박이 이어졌다. 포기와 수용의 단계에 이르기까지는 꽤

나 길고 지루한 대치가 이어졌다. 10여 분 뒤, 사회복지사는

주소를 알려 준 사람이 본인이라는 사실은 아무에게도 알리

지 말아 달라며 조건을 걸었다. 그 한마디에 선애는 정복감을

느꼈다. 길거리 포교를 하며 남들의 무시나 박대쯤은 가뿐히

무시할 수 있는 능력을 갖추게 된 그녀였다. 그룹홈을 나서는

선애의 발걸음이 가벼워졌다. 이제 다시는 이 언덕을 오를 일

이 없을 것이었다.

버스가 정차한 곳은 논밭 한가운데 뚝 세워진 정류장이었다. 이전 정류장과 다음 정류장을 표기한 파란 글씨는 거의 지워져 알아보기조차 힘들었다.

주소로만 길을 찾아야 하는 상황에서 그녀의 눈에 보이는 건 논밭뿐이었다. 지도 앱을 켜고도 한참 동안 자리에서 꿈쩍 않던 선애는 결국 크게 호흡을 내신 뒤 마을이 있을 법한 방향으로 발을 내디뎠다. 앞이 잘 보이지 않았다. 미세먼지로 가시거리가 엉망이었다.

답답한 대기 사이로 비릿한 물 내음이 풍겨 왔다. 비가 온다는 예보는 없었다. 선애는 걸음을 늦추고 눈을 감았다. 미끈미끈한 피부를 가진 개구리 수천 마리가 그녀의 얼굴을 향해 날아드는 듯한 착각이 일었다.

얼마나 걸었는지 감도 잡히지 않을 만큼 시간이 흘렀을 무렵이었다. 무진을 걷고 있는 건가 싶을 즈음 저 멀리 작은 형상이 보이기 시작했다. 희뿌연 대기, 흐릿하게 번지는 태양, 아직 쌀쌀하지만 정체된 공기 사이로 희미하게 보이는 형체는 분명 사람이었다. 꽃무늬 조끼를 입고 아직 꽁꽁 언 땅을 호미질하는 그는 엉거주춤한 자세로 무릎을 구부리고 앉아 있었다. 엉덩이에 동그란 의자를 달고 있었지만 사용법을 제대로 모르는 게 분명했다. 공벌레처럼 몸을 둥그렇게 움츠린 그가 호미질 몇 번에 허리를 부여잡고 자리에서 일어섰다. 모를 수가 없었다. 분명 선애가 잘 알고 있는 사람이었다.

걸음을 멈췄다. 도저히 그녀의 세상에 다시 들어갈 용기가 나지 않았다.

나는 무엇을 바라고 여기까지 온 걸까.

무릎이 아프다고 했는데. 관절염 약도 먹고 있는데. 예쁜 원피스와 구두를 좋아했는데. 비싼 접시에 담긴 디저트도 좋아하는데. 몸 쓰는 일을 좋아하지 않는데. 쪼그려 앉는 걸 세상에서 제일 싫어하던 사람인데.

뒤돌아 나오는 걸음은 개운하지 않았다. 지렁이도 아니면서 그녀는 무려 한 시간도 넘게 혼자 땅을 골랐다. 아니다. 어쩌면 그녀는 선애가 찾던 사람이 아닐지도 몰랐다.

선애는 균열 대신 회피를 택했다.

숨이 점점 가빠 오기 시작했다. 비겁하게도, 24년 전 산길을 바삐 내려가던 여자보다는 가벼운 걸음이길 간절하게 바랐다.

책임

"130이요."

너무 오래된 사건이라 단서를 찾기 쉽지 않다는 설명이었다. 비용이 50만 원 내외라는 설명을 듣고 왔다고 간청해 봐도 요지부동이었다. 원래는 200이지만 장애인이 부모를 찾는다는 말에 대폭 할인까지 넣어 주었다며 대표는 단호하게 고개를 저었다. 계약 기간은 고작 일주일이었다. 계약서에 적힌 '사람을 찾지 못해도 환불은 불가하다'는 굵은 글씨가 유독 눈에 들어왔다.

탐정 사무소는 처음이었다. 낙원상가 옆, 지어진 지 50년도 넘어 보이는 낡은 건물의 커다란 창문엔 셜록 홈스의 실루엣 스티커가 조잡하게 붙어 있었다. 유동인구의 대부분이 탑골

공원을 찾는 노인들인 이 거리에 어쩌다 탐정사무소가 자리 잡게 되었는지 쉬 납득이 가지 않았다.

폭이 좁고 높아서 사람들이 몰리면 큰 사고로 이어질 것 같은 계단을 오르자 여기저기 녹이 슨 비둘기색 철문이 보였다. 사방이 막혀 있는 모양새가 마치 영화 속 80년대 홍콩 건물 같았다. 환기가 필요해 보였지만 계단 옆 녹슨 황동색 창문틀은 살짝만 건드려도 밖으로 떨어질 듯 위태로웠다. 크게 심호흡을 내뱉은 선애가 벨을 눌렀다. 잠시 뒤, 푸근한 인상이지만 눈빛만은 날카로운 사내가 빙긋이 웃으며 얼굴을 드러냈다.

사무실로 들어섰다. 가장 먼저 시선을 사로잡은 건 벽면을 가득 채운 상장과 트로피들이었다. 생각보다 널찍한 공간의 한가운데엔 커다란 유리 테이블과 가죽 소파가 놓여 있었다. 역한 냄새에 숨이 막혔다. 의뢰인의 표정을 본 직원 하나가 서둘러 창문을 열어 환기를 시도했지만 어림없는 일이었다. 짙게 밴 담배 냄새는 지금 몇 분 환기를 한다고 해서 결코 빠지지 않을 것이었다.

자신을 탐정이라고 소개한 대표는 이곳이 흥신소가 아닌 탐정 사무소임을 내세우며 작업의 합법성을 강조했다. 궁금하지 않았다. 이곳에서 벌이는 일들과 그 과정에 대해서는 솔직히 별다른 관심이 없었다. 흥신소든 탐정 사무소든 그런 건 사실 중요한 일이 아니었다.

선애가 작은 파일 하나를 유리 테이블 위에 내려놓았다.

"제가 알고 있는 건 별거 없어요. 박연아 씨가 발견된 절 이름하고 그 당시 옷차림, 머리스타일, 혈액형이랑 장애 명칭 등이 제가 가지고 있는 정보의 전부예요. 부탁드립니다. 연아 씨, 부모님 지금 꼭 찾아야 해요."

"혹시 당사자가 많이 아픈가요?"

"그건 아닌데, 개인 사정으로 급해요."

"원래 본인 직접 의뢰가 아니면 수임을 잘 안 하긴 하는데."

"장애가……."

"그러니까요. 내 말이 그 말이에요. 같이 해외여행도 다녀온 사이인데 돈독한 사이 맞으시겠죠. 참 좋은 일 하십니다."

탐정 사무소 대표가 A4 용지에 인화된 사진을 만지작거렸다. 선애와 연아가 홍콩에서 함께 찍은 우스꽝스러운 셀카였다. 미소를 짓던 선애의 입가에 짧은 경련이 일었다. 그깟 스타벅스가 뭐라고. 여행 이후 연아를 한 번도 찾지 않았던 그간의 시간을 떠올리자 번개가 내리치듯 죄책감이 내리꽂혔다.

직원 하나가 수임료가 표기된 종이를 들고 왔다. 코팅까지 된 빳빳한 종이는 꼭 식당 메뉴판처럼 보였다.

"저희는 절대 사기 안 쳐요. 이렇게 정액제로만 합니다. 사람 찾는 일은 30에서 200, 불륜은 300에서 500. 금액은 난이도에 따라 조정되는데 이렇게 헤어진 지 20년도 넘은 사람을 찾는 일은 보통 200부터 시작해요. 아, 여기 금액들은 기본 착수금으로 추가 비용이 들어가면 그때는 고객에게 후불로 청구됩니다. 예를 들면 해외에 나가게 되어 항공료나 체류비가 든다든가."

선애는 고개를 끄덕였다. 대표는 만족스러운 표정으로 꼿꼿하게 허리를 폈다.

"전화로 미리 설명을 들으셨겠지만 이건 1주당 비용이고요. 사람을 찾지 못해도 환불은 안 되고, 1주 더 탐정 서비스를 이용하겠다고 하면 동일한 이용 금액이 추가되고요. 4주차까지 사람을 찾지 못하면 그 다음 1주는 무료 이용 서비스를 넣어 드려요."

참내, 노래방도 아니고. 그럼에도 무지성으로 선애는 고개를 끄덕였다. 이제 와서 결심을 무를 수는 없었다.

사인보단 입금이 우선이었다. 착수금 입금 문자를 확인한 탐정 사무소의 대표가 고개를 끄덕이며 계약서를 내밀었다. 그는 최선을 다하겠다며 눈을 번뜩였다. 그 얼굴을 물끄러미 바라보던 선애가 가만히 펜을 들었다. 계약서에 사인을 하는 손에 힘이 들어갔다.

탐정 사무소로부터 연락이 온 건 3일 뒤였다. 그들은 선애의 휴대폰으로 사진 몇 장과 주소 하나를 보내왔다. 이렇게 쉬운 일이었는지. 실감이 나지 않았다. 흐릿하게 찍힌 여자의 옆모습은 연아와 전혀 닮아 보이지 않았다.

문자의 말미엔 목적을 달성했을 시에 대한 안내 문구가 친절하게 적혀 있었다. 가장 눈에 들어오는 건 계약 기간을 다 채우지 않고 사람을 찾더라도 할인이나 환불은 불가하다는 문구였다. 선애는 대상을 확인하고 다시 연락을 드리겠다며 답장을 남겼다. 월급의 절반도 훌쩍 넘는 130만 원이었다. 돈이 갖는 효용이란 이토록 대단했다. 돈이 있어 할 수 없는 일은 하나도 없었다. 돈으로 할 수 없는 일이 있다면 그건 단지 그 일을 하기에 돈이 부족해서일지도 몰랐다.

새벽 3시.

초봄의 새벽바람은 차가웠다. 선애는 아직 세탁을 맡기지 못한 롱패딩을 깊게 여몄다.

그녀가 앉아 있는 장소는 서울 시내 한 학원가에 위치한 편의점의 테라스였다. 목표 건물이 가장 잘 보이는 위치였다. 따뜻한 캔 커피 두 개를 꺼내 든 그녀는 그중 하나를 따 몸을 덥혔다. 탐정이 말한 시간은 오전 3시에서 3시 반 사이였다.

3시 10분, 주차장으로 연결된 건물 뒷문이 열렸다. 이윽고 검은 패딩을 입은 여자 한 명이 나타났다. 그녀는 약간은 절뚝거리는 걸음으로 길을 재촉했다. 노면 주차장은 가로등의 사각지대여서 휴대폰 속에 담긴 여자가 눈앞의 사람이 맞는지 확신이 서지 않았다.

결국 선애는 몸을 일으켜 여자를 쫓아갔다. 조심스럽게 다가갔음에도 여자는 크게 놀라며 소리를 질렀다.

"에구머니나! 누구예요?"

나이는 사진 속 여자와 얼추 비슷해 보였지만 여전히 확신은 들지 않았다. 선애는 여자에게 꾸벅 고개를 숙이며 온장고에 있던 캔 커피를 들이밀었다.

"날이 많이 춥죠? 이거, 이거 드세요."

"뭐야. 누구예요? 경찰 불러요, 저?"

"저는 박선애라고 합니다. 박연아라는 분의 전 직장 동료고요."

자신도 모르는 사이 캔 커피를 받아 든 여자는 주머니에서 휴대폰을 꺼내 들었다. 그녀는 퇴근길에 갑자기 말을 걸어온 낯선 여자를 미친 사람 아니면 범죄자로 생각하고 있는 게 분명했다.

선애는 명함을 꺼내 상대에게 건넸다.

"그런데요? 왜 이래요? 한 걸음만 더 가까이 오면 저 진짜 경찰 불러요."

"혹시 박연아라는 사람을 아시나요?"

"그게 누군데요?"

"다운증후군이 있는 여성분이에요. 올해 서른 살이 되고요. 24년 전, 물방울무늬 원피스에 빨간색 구두를 신고 절 앞에서 발견되었어요. 신체 특징으로는 오른쪽 어깨 아래 점 두 개가 있고……."

아직 준비한 말을 절반도 꺼내지 못했는데. 해 줄 말이 너무나도 많은데. 여자는 다운증후군이라는 한마디에 캔 커피를 바닥에 떨어뜨리고 말았다. 휴대폰을 쥔 다른 손은 발작이 인 듯 심하게 떨렸다. 조심스레 입술을 벌리던 여자의 얼굴이 곧 엉망으로 일그러졌다.

새벽의 아파트 벤치는 무서우리만큼 고요했다. 가로등 불빛이 닿지 않는 벤치에 그녀들은 소리 없이 자리를 잡았다. 어렵게 딴 캔 커피를 든 여자의 손이 자꾸만 떨렸다. 주름진 손등에 진갈색 커피가 한 줄 두 줄 차갑게 흘러내렸다.

여자의 목에선 쇳소리가 났다.

"어떻게 알고 여기까지 찾아왔어요?"

"탐정을 고용했어요. 놀라게 해 드린 건 죄송해요. 일이 이 시간에 끝나신다고 해서."

여자는 천천히 고개를 끄덕였다.

"새벽에 이 동네 학원에서 청소를 해요. 사실 지금도 다른 학원으로 얼른 가 봐야 하고요. 어떻게 보일지 모르겠지만 야간 청소일도 나름 경쟁이 치열해서."

이해할 수 있었다. 돈을 버는 일, 먹고사는 일의 지난함을 누구보다 진심 어리게 공감할 수 있는 선애였다. 그녀는 8년도 넘는 경력 단절 상황에서 이혼을 당하고 아이들까지 빼앗겨 본 사람이었다.

상대도 같은 엄마였다. 선애는 빠르게 본론으로 들어갔다.

"연아 씨가 결혼을 해요."

"민아가요?"

처음 듣는 이름이었다. 여자는 쓸쓸한 미소를 지어 보였다.

"그 아이 원래 이름은 민아예요. 이민아. 어린 시절, 그래도 자기 이름은 쓸 줄 알아야 한다고 엄청 혼내면서 가르쳤던 기억이 나네요. 매번 이민하라고 써서 회초리를 들고 혼냈거든요. 다섯 살도 안 된 그 불쌍한 것을. 이름이라도 정확히 알아야 잃어버렸을 때 찾을 수 있을 것 같아서 그랬던 건데, 다 괜한 일이었어요. 이렇게 될 줄 알았다면 그냥 안아만 줬을 텐데. 사랑만 줬을 텐데. 엄마 없이도 잘 자라 줬네요. 결혼. 결혼은 생각지도 못했는데."

여자의 목소리가 다시 떨리기 시작했다. 아랫입술을 꽉 깨문 앞니가 버거워 보였다.

고개를 푹 숙인 여자는 말을 잇지 못했다. 그녀는 거의 그대로 남아 있는 캔 커피를 벤치에 내려놓고 명함을 가까이 들여다보았다. 고생한 손이었다. 선애는 그 손을 꽉 붙잡아 주고 싶다는 강렬한 욕구를 느꼈다.

여자가 명함을 내려놓으며 고개를 털었다.

"내가 눈이 안 좋아요. 청소할 땐 걸리적거린다고 안경을 놓고 다녀서. 혹시 명함에 뭐라고 쓰여 있는지 말해 줄 수 있어요? 이름이…….”

“박선애입니다. 그건 회사 명함이고요. 저는 연아 씨, 아니 민아 씨의 전 직장 동료예요.”

“직장 동료. 직장 동료. 우리 민아가 이렇게 번듯한 명함도 주는 회사에서 일을 하는 거네요.”

꾹꾹 누르고 있던 울음이 결국 작은 감정선을 비집고 터져 나왔다. 등이라도 토닥여 주며 위로하고 싶었지만 선애 역시 심란한 마음을 진정시킬 방법을 알지 못했다. 오열하는 그녀를 보며 떠오른 건 생때같은 민서, 민준이가 아닌, 우물을 향해 걸어가던 엄마의 뒷모습이었다. 엄마의 얼굴이 기억나지 않았다. 분명 눈을 마주쳤던 것 같은데, 길고 긴 당부의 말을 들었던 것 같은데, 엄마의 얼굴도 목소리조차도 아무 것도 기억이 나지 않았다.

긴 대화를 나누기에는 무리인 밤이었다. 하늘에 걸린 작은 초승달에 낡은 두레박이 걸린 도르래가 걸렸다.

정확히 언제부터였는지는 기억나지 않았다. 어느 순간부터 연아에게서 카톡이 오지 않았다. 그저 예비 신랑과 교제를 하기 시작한 시점이 아니었을까 추측만 해 볼 뿐이었다. 한참을 망설이던 선애가 연락처에서 연아의 이름을 터치했다. 잠시 후, 익숙한 목소리가 전화를 받아 들었다.

연아의 목소리는 덤덤했다. 회사에 다니던 그 시절과 별반 다를 게 없었다. 달라진 게 있다면 그녀가 누군가로부터 걸려 온 전화를 끊지 않고 한 번에 받았다는 것뿐이었다.

— 여보세요?

목소리만 들었을 뿐인데 맥박이 빨라지기 시작했다. 선애는 최대한 담백하고 간결하게 본론부터 입에 담았다.

— 연아 씨, 저 선애예요. 이번 주 토요일에 잠깐 서울로 나와요. 만날 사람이 있어요.

— 나 결혼했어요. 못 나가요.

— 나올 수 있어요. 결혼하는 데 필요한 서류들 때문에 그런다고 그룹홈에도 말해 놨어요. 남편분한테는 그룹홈 사회복지사 선생님께서 따로 전화드릴 거예요.

— 결혼한 사람이라 남편 없이 나가면 안 된다고 했어요. 그러면 혼나

요. 시엄마가 효자손 들고 쫓아와요. 나 시엄마 좋아요. 좋아해요. 맛있는 거 많이 해 줘요.

 ─ 연아 씨 엄마를 찾았어요.

순간 대화가 끊겼다. 쉴 새 없이 쏟아져 나오던 연아의 목소리가 일순간 갈 곳을 잃었다.

침묵이 이어졌다. 선애가 다시 말을 꺼냈다.

 ─ 토요일에 호텔 카페에서 만날 거예요. 오후 4시니까 늦지 말아요.

여전히 대답은 없었다. 하지만 수화기 너머로 거칠어진 숨소리가 들려왔다. 분명 평소보다 빠르고 불규칙한 호흡이었다.

선애는 재차 약속 시간을 확인했다. 상대의 동의 여부는 묻지 않았다. 한참을 말이 없던 연아는 전화가 끊기기 직전 더듬더듬 혼잣말을 했다.

 ─ 이번 주 토요일, 메리어트 호텔 8층, 4시. 이민아.

 ─ 맞아요. 잘 외웠어요. 혹시 모르니 카톡으로 보내 놓을게요. 지금 말한 내용 까먹으면 직원한테 보여 줘요.

– 같이. 선애 씨는 같이 안 가요?

물론 갈 수도 있었다. 하지만 예순도 안 된 나이에 주름과 버짐이 온몸에 가득한 그녀를 다시 만날 자신이 없었다. 용기가 나지 않았다. 다섯 살의 나를 소환해 손을 잡는 사람은 연아 하나로도 충분했다.

일이 있어 못 간다는 선애를 연아는 굳이 붙잡지 않았다. 그럼 결혼식에서 만나자는 말에는 그러자고 대답했다. 사실 연아가 마지막 통화에서 무어라 이야기했는지는 정확히 기억이 나지 않았다. 잘못 들은 게 분명할 한마디가 무거운 잔상으로 남아 다른 모든 말들을 지워 버렸다.

– 고마워요. 엄마.

씩씩한 목소리였다. 조금, 설레 보였다.

한쪽 벽면에 커다란 통창이 가득한 라운지였다. 창을 통해 쏟아지는 햇살에 연아는 잠시 눈을 감았다.

약속 시간보다 한 시간이나 이른 시간, 호텔에 도착한 연아는 8층 로비 소파에 앉아 자신의 모습을 체크했다. 웨딩 사진을 찍었을 때 입었던 원피스를 다시 꺼내 입었다. 무지외반증 교정기를 빼고 구두도 신었다. 스스로 만 머리는 너무 탱글탱글해 사람들의 시선을 사로잡을 정도였지만 스스로에겐 만족스러웠다. 잔뜩 힘을 줘 눈 화장을 했고, 번들거리는 붉은색 계열의 립스틱을 발랐다. 손에 든 명품 가방은 그룹홈 사회복지사가 빌려준 것이었다. 그녀는 짙은 포옹과 함께 이 가방이 사위가 사 준 유일한 명품 가방이라며 흠집을 내 오면 아주 혼쭐을 내 줄 거라는 진담이 섞인 농담을 건넸다.

24년은 찰나였지만 한 시간은 길었다. 고작 수십 분 동안 화장실을 두 번이나 다녀왔다. 호텔에 체크인하는 사람을 세다가는 스물에서 그만두었다. 아무 생각 없이 사람 구경을 하다 보니 약속 시간이 어느덧 코앞이었다. 시계를 확인한 연아가 엉거주춤 자리에서 일어섰다. 약속 시간 10분 전에 카페에 들어가면 된다던 선애의 목소리가 아직도 귓전에 생생했다. 혼자지만 혼자가 아니었다. 연아의 남편은 몸이 좋지 않다며 끝내 동석을 거부했다.

창가 좌석을 안내받은 연아가 자리에 앉았다. 친절한 직원이 메뉴판을 가져다주었다.

"카페모카 주세요. 따뜻한 걸로요."

연아는 가방을 열어 현금 5만 원을 확인했다. 장모님을 잘 만나고 오라며 남편이 건넨 용돈이었다. 커피는 꼭 내가 사야지. 연아는 다짐했다. 기억 속, 지금의 그녀보다 어렸던 20대 엄마에게 맛있는 커피 한 잔을 꼭 대접하고 싶었다.

슈베르트가 지나가고 모차르트가 등장했다. 모차르트에 이어서는 비발디가, 비발디를 넘어서는 드보르작이 손을 내밀었다. 드보르작이 슈만으로 바뀔 즈음엔 커다란 창 너머로 해가 넘어가기 시작했다. 어둠이 노을을 삼키는 건 한순간이었다. 그 사이 연아의 커피는 카페모카에서 아메리카노로, 다시 한번 미지근한 물 한 잔으로 리필이 되었다.

호텔 직원이 다가왔다. 그는 여전히 친절했고, 얼굴에는 잔잔한 미소를 띠고 있었다. 정중한 표정의 그가 꺼낸 말은 더 시키실 음료는 없느냐는 물음이었다. 굳은 표정으로 정면을 응시하고 있던 연아가 고개를 가로저었다.

"괜찮아요. 안 줘도 돼요."

물배를 더 채울 수는 없었다. 화장실에 가고 싶었지만 한 번도 자리에서 일어서지 않았다. 잠시 자리를 비운 사이 왔던 이가 돌아갈까, 엉덩이에 힘을 주고 끝까지 버텨 냈다.

자주 만나지 않아도 괜찮았다. 징징거리지 않을 자신도 있었다. 불평을 할 생각도 없었고, 원망이란 감정은 이미 잊은 지 오래였다. 그저 얼굴을 한 번만 보고 싶었다. 아주 가끔, 예를 들면 결혼식 같은 날만이라도 만날 수 있다면 더 이상은 상대에게 바랄 게 없었다.

물론 거짓말이었다. 연락처를 받는 순간 연아는 선애에게 했던 건 약과로 보일 정도로 엄마에게 문자를 해 댈 예정이었다. 답장을 왜 안 하느냐, 전화는 왜 받지 않느냐, 이따금 보다는 훨씬 더 잦은 빈도로 하루 종일 귀찮게 굴 게 이미 본 듯 뻔했다. 하지만 잘못의 인정 또한 빨랐을 테고, 사과 또한 잘했을 테다. 누군가 불편하다는 티를 내면 상대의 눈치부터 보는 연아였다. 남들보다 시간이 조금 더 필요할 뿐 결국엔 모든 일들을 잘 해낼 그녀였다.

이 모든 가능성은 호텔 카페의 마감과 함께 먼지처럼 상실되었다. 계산서를 들고 온 직원은 이제 자리에서 일어날 시간이 되었음을 낮은 목소리로 알려 주었다. 입술을 굳게 다문 연아는 꼭 쥐고 있던 주먹을 펼쳐 손에 있던 물건을 계산서 위에 내려놓았다. 예상치 못한 물건에 호텔 직원은 당황한 표정을 숨기지 못했다. 그 모습을 본 연아가 두 눈을 끔뻑였다.

아차, 이게 아니라 돈을 드려야지.

손바닥에 흥건하게 찬 땀을 원피스에 닦아 낸 연아는 다시 가방을 열어 5만 원을 꺼냈다. 주위를 둘러보았다. 그녀를 제외한 사람들은 모두가 짝을 지어 즐거워 보였다. 호텔 라운지에 혼자 앉아 있는 사람은 아무리 둘러보아도 그녀밖에 없었다.

호텔 직원이 계산서와 돈을 들고 연아의 시야에서 사라졌다. 테이블 가운데 혼자 덩그러니 놓인 물건은 참 외로워 보였다. 차마 놓고 갈 수는 없어서 연아는 몇 시간 동안 쥐고 있던 물건을 향해 다시 손을 뻗었다. 축축했다. 그건 땀에 잔뜩 절어 버린, 잔꽃 무늬가 수놓인 색 바랜 손수건이었다.

점심을 먹고 돌아온 회사는 난장판이었다. 엘리베이터 앞은 웅성거리는 사람들로 발 디딜 틈이 없었다. 회사에 다니는 모든 직원들이 사내 카페 안으로 모여든 기분이었다. 송 주임과 함께 선애는 사람들 사이를 기웃거렸다. 그러자 뒤집어진 테이블들과 의자 사이로 얼굴이 시뻘겋게 달아올라 주먹질을 하고 있는 최 과장이 보였다. 그 아래로는 속수무책으로 얻어

맞고 있는 김 대리가, 그를 둘러싸고는 그런 그들을 뜯어말리고 있는 남자 직원들이 보였다.

얼굴이 온통 피범벅이 된 김 대리가 어서 경찰에 신고를 하라며 고래고래 소리를 질렀다. 상대의 반격에 와이셔츠가 반쯤 뜯긴 거구의 최 과장은 말리는 주변 사람들을 아랑곳하지 않고 계속해서 발길질을 해 댔다. 자세히 보니 김 대리는 바지가 반쯤 벗겨진 상태였다.

"네가 그러고도 사람이냐? 사람 새끼야?"

"뭐라는 거야! 상사면 부하 직원을 이렇게 피떡이 되도록 때려도 되는 줄 아냐? 당신 상대 잘못 골랐어. 치료비는 당연하고, 민사에 형사까지 싹 다 걸어 파산시킬 거야."

다른 사람들도 아니고, 회계 팀 팀원들이었다.

"무슨 일이에요?"

깜짝 놀란 송 주임이 불안한 표정을 숨기지 못하며 주변 사람들에게 이유를 물었다. 그에 옆에서 팔짱을 끼고 있던 전무의 비서가 고개를 가로저었다. 그녀의 표정은 혐오로 가득했다.

"김 대리님이요. 새로 온 바리스타랑 카페 뒤 비품 창고에서 뒹굴다 최 과장님한테 딱 걸렸나 봐요."

"네?"

송 주임의 목소리가 날카로워졌다. 비서는 혀를 찼다.

"김 대리는 그냥 젊은 남녀끼리 잠깐 눈 맞은 거 가지고 무슨 상관이냐고 하는데, 다들 아시잖아요. 정서우 씨, 겉모습만 예쁘장하게 비장애인하고 비슷하지 이전 바리스타들보다 인지는 더 떨어지는 거."

장애와 예쁘장함 사이의 상관관계는 도저히 알 수 없었으나 수습하기 힘들 정도로 큰일이 터졌다는 사실만큼은 확실하게 알 수 있었다. 최 과장은 흥분을 멈추지 못했다. 그는 계속해서 고성을 내지르며 테이블과 김 대리를 걷어찼다. 주위 사람들의 만류에 겨우 몸을 피한 김 대리가 얼굴에 묻은 피를 훔쳐 내며 주섬주섬 바지를 추켜올렸다. 그의 목소리가 이토록이나 컸나 싶었다. 이번 사건 제대로 처리하지 않으면 최 과장에 회사까지 모조리 고소해 버릴 거라는 악다구니는 그 소리가 너무 커서 사내 카페에 모인 이들 중 못 들은 이가 하나도 없었다.

웅성거림은 쉽사리 사그라들지 않았다. 누구의 편이든 고개를 끄덕이는 이가 하나도 없는 추잡스럽고 괴이한 사건 현장이었다.

멀리서 사이렌 소리가 들려왔다. 비가 온다더니 어느덧 하늘이 어두웠다.

비린 습기를 품은 어둠을 응시하던 선애는 1년 전 떠났던 워크숍을 떠올렸다. 어둠 속으로 나란히 사라졌던 연아와 김대리의 모습이 환영처럼 아른거렸다. 그런데 그들이 떠나는 장면만 생각이 나고 돌아왔던 모습이 기억나지 않았다. 연아와 같은 방을 썼던 것 같은데. 분명 같은 이불을 덮고 잤던 것 같은데.

숨이 막혔다. 욕지기가 치밀어 올라 구역질을 멈출 수가 없었다.

살아 있으니
살아야
한다고

연아의 결혼식은 평범하게 치러졌다. 다만 예식장의 좌석이 반의반도 차지 않았다. 선애 역시 몸이 아프다며 연아의 결혼식에 불참했다. 신부 측 하객은 그룹홈 식구들과 몇몇 사회복지사가 전부였다는 후문이었다.

아팠다는 핑계는 거짓말이 아니었다. 연아의 결혼식 당일 새벽, 선애는 장이 뒤틀리는 고통에 동이 트기도 전 눈을 떴다. 베개와 이불은 이미 식은땀으로 흥건했다. 그녀는 응급실을 찾았고, 비급여인 줄 알면서도 수액을 맞았다. 응급실에서 걸어 나온 시간은 오전 9시 무렵이었다. 뷔페로 식사가 해결되는 결혼식장에 가는 대신 물탱크가 들어찬 원룸을 택한 건 순전히 몇 시간 더 잠을 자기 위해서였다. 엄마를 찾아 준 이상 연아에게 남아 있는 부채 의식은 없었다. 그래서인지 미안하다거나 유감스럽다거나 하는 감정은 들지 않았다.

연아로부터 결혼식에 안 와서 서운하다거나 왜 오지 않았느냐는 연락은 오지 않았다. 그룹홈에서 남편의 집으로 거처를 옮긴 이후, 연아는 선애에게 더 이상 카톡을 보내지 않았다. 시도 때도 없었던 연락이 그립다거나 한 건 아니었지만 허전했다. 주말이면 휴대폰은 하루에 한 번도 울리지 않았다. 선애는 시계로만 기능하는 휴대폰을 가만히 바라보며 태아처럼 몸을 웅크리고 연아를 생각했다.

연아에게 법적 보호자가 생긴 사이 선애의 삶에도 작은 변화가 찾아왔다. 쓸 일이 없어 모여 버린 돈으로 그녀는 부엌이 딸린 새 월셋집을 계약했다. 스탠드에어컨이 옵션으로 있고 빨래를 널 수 있는 널찍한 베란다까지 있는 3층 빌라였다.

정신을 차려 보니 토굴 밖이었다. 눈이 멀 것 같은 강렬한 햇살에 눈을 뜨기가 두려웠다.

가족 관계에도 변화가 생겼다. 뒷마당에 우물이 있는 농가에 아직도 살고 있는 아버지는 일흔이 넘은 나이에 다 큰 자녀 둘을 새로 얻었다. 선애가 아는 것만 스무 명도 넘는 여자들을 거쳐 온 그는 먼 길을 돌고 돌아 결국 한 40대 여자에게 정착했다. 필리핀에서 왔다는 그녀는 농사를 짓다 허리를 다쳤다는 노인네를 극진히도 보살폈다고 했다. 그에 감동을 받은 아버지는 그녀를 법적 아내로 맞이했고, 그렇게 선애에게는 자신보다 고작 몇 살 나이가 많은 새어머니가 생겼다. 장성한 자녀가 둘이나 있는 외국인이었지만 그런 건 부녀 모두에게 아무런 문제가 되지 않았다.

새엄마가 선애에게 처음 전화를 걸었던 날이었다. 선애의 눈치를 보면서도 주도권을 쥐려 부단히 애쓰는 그녀는 남편과 자신이 법적 부부임을 지령이라도 받은 것처럼 강조했다.

– 우린 이미 혼인신고 했어요. 난 이제 한국 국적이고, 선애 어머니야. 내 애들은 필리핀에 있지만 내년이면 한국에 올 거야. 남자애 하나, 여자애 하나인데 아주 착해.

– 그래요. 한국에 오면 큰누나, 큰언니 극진히 모셔 달라고 전해 주세요. 그리고 전 명절에 아버지 뵈러 안 가요. 아버지 잘 부탁드려요.

당신의 안녕을 바란다는 오지랖은 부리지 않았다. 영혼까지 탈탈 털어도 돈 100만 원 나오지 않을 노인네라는 조언도

하지 않았고, 아직 40대인데 왜 오늘내일하는 노인네의 병수 발을 들기로 결심했는지도 묻지 않았다. 헐값에 매물로 내놓 아도 찾는 이 하나 없을 오래된 농가 주택 따윈 처음부터 상속 받을 생각이 없었다는 말은 굳이 뱉지 않았다. 그 대신 시간이 나면 고향 집에 들러 우물을 메우든지 우물의 입구를 막아 버 리든지 해야겠다고 다짐했다. 우물 이야기만 나오면 노발대 발하는 아버지의 반대가 더 이상 두렵지 않았다.

상담심리센터라는 곳을 찾은 건 그 즈음이었다. 단 한 번 본 사이인데도 상담사는 그녀의 상태를 걱정했다. 그는 선애를 피해자라 불렀다.

"왜 본인을 가해자라 생각하세요?"

"이것도 질문이 되나요? 저는 아이들을 옆에 끼고 길거리 에서 포교를 다녔던 엄마예요. 모르는 사람들에게 조상 복이 많다, 영혼이 맑다며 말을 걸었고요. 그러다 운이 좋게 새 신 도를 모집하면 대가로 기부금을 면제받았어요. 제 말에 친절 하게 답해 주었던 사람들 중 다수는 아마 옆에 있던 아이들을 보고 경계를 늦췄을 거예요. 잘 살던 멀쩡한 사람들을 사이비 로 이끌어 인생을 망가뜨린 게 저라는 사람이에요. 그게 말로 빈다고 사과가 될까요? 진짜 피해자들은 저를 미워해야 하는데 제가 사과를 해 버리면 용서를 강요받게 될지도 모르잖아요. 너무 많은 사람들한테 죄를 짓고 살았어요. 아, 그중 최고봉은 제 아이들이네요. 도사, 도사는 무슨 도사. 그 인간이 아이들 몸에 손까지 댔는데도 저는 아무것도 모르고 있었어요. 그러고도 아이들이 보고 싶다며 연락까지 계속 해 대고. 그저 제 욕심에. 아이들이 보고 싶어서."

"산후우울증을 앓았잖아요. 마음이 약해진 틈에 사이비 종교 집단의 표적이 된 거고요. 스스로를 미워할 수는 있지만, 본인 역시도 피해자 중 한 명이었다는 사실은 알고 있었으면 좋겠어요. 눈앞이 낭떠러지라고 해서 꼭 떨어져야 하는 건 아니니까요. 뒤돌아설 수도, 그저 한 걸음 물러설 수도 있어요. 그마저도 버겁다면 그냥 눈을 감고 앉아 있어도 괜찮고요."

인정할 수 없었다. 더 정확히 말하자면 결코 인정해선 안 될 것 같았다. 그토록 많은 사람들을 나락으로 떠밀고 자기 혼자 살겠다고 마음의 위안을 찾는 건 반칙이었다. 그녀 자신은 지독히도 불행해야 했다.

상담사의 말을 듣는 내내 선애는 어금니를 꽉 물었다. 생각해 보면 여윳돈이 생겼다고 상담사를 찾은 행위부터 비겁한 면피였다. 도저히 고개를 들 수가 없었다.

원룸에서 투룸으로 이사를 한 건 결론적으로 행운이 아닌 패착이었다. 현관과 화장실, 창문, 커다란 물탱크가 한눈에 보이는 작은 원룸에서 방 두 개와 거실, 부엌, 베란다, 화장실이 분리된 그럴싸한 집으로 이사를 간 이후부터 선애는 마음의 불안이 요동치는 걸 느꼈다. 방문 두 개와 화장실 문, 베란다 문까지 모두 열어젖힌 후 거실 한가운데 앉아 있어 봐도 마찬가지였다. 넓은 집에서 사각지대는 어쩔 수 없는 필연이었다. 보이지 않아 상상의 여지가 남는 공간이 두려웠다. 눈을 감으면 이대로 세상이 끝나 버릴 것만 같은 불안이 예고 없이 불시에 터져 버린 화산의 화산재처럼 그녀의 마음을 엄습했다.

심지어 이제는 잠마저도 그녀의 편이 아니었다. 작은 원룸에선 매트리스에 눕자마자 약에 취한 듯 쏟아지던 잠이 명상 음악을 틀어 놓고 아로마 향초를 켜 놓아도 더 이상 찾아오지 않았다. 몸이 힘들면 잠이 잘 온다는데, 하루 종일 하청업체를 돌고 와 집안일까지 한 뒤에도 그녀는 쉽게 잠에 들지 못했다. 온몸이 땅 밑으로 꺼질 것 같은 거대한 피로에도 희한하게 잠만은 그녀를 비껴갔다. 이제 참을 수 없는 편두통은 일상이었다. 가만히 서 있어도 머리가 깨질 것 같았다. 아침마다 커피를 사발로 들이켜야만 겨우 업무를 시작할 수 있었다.

잠을 빼앗기자 모든 생활이 엉망이 되었다. 피부가 망가졌다. 머리카락이 우수수 뽑혀 나갔다. 없던 비염이 생겨 입으로 숨을 쉬었고, 열두 살 이후 평생을 규칙적으로 지켜 오던 생리 주기가 망가졌다. 그래도 살려고 하긴 하는지 입맛이 돌지 않는데도 음식은 잘만 들어갔다. 2인분도 3인분도 모두 한 번에 먹어 치울 수 있었다. 꾸역꾸역 입 안에 밀어 넣으면 어떻게든 소화가 되었다. 불행 중 다행으로 구토는 하지 않았다.

봄비가 몇 번 내리더니 날이 풀렸다. 짧은 비가 내리고 미세먼지가 쌓이고, 다시 비가 내리고 미세먼지가 쌓이는 날들이 반복되었다. 엉망으로 잘려 나간 가로수 가지에선 손톱보다 작은 연두색 싹이 시골집 마당의 잡초처럼 두서없이 움텄다.

제주도에선 벌써 벚꽃이 개화했다는 뉴스가 흘러나왔다. 뿌연 시야를 뒤로 두고 벚꽃 나무 아래에서 활짝 웃고 있는 기상캐스터의 모습이 보였다. 선애가 입가에 옅은 미소를 머금었다. 할 일도 만날 이도 없는 주말, 오랜만에 꽃구경이 하고 싶었다.

발길이 닿는 대로 찾은 곳은 사방이 온통 논밭뿐인 경기도 시골의 한 버스 정류장이었다. 이전 정류장과 다음 정류장을 표기한 파란 글씨는 여전히 흐릿했다. 아직 모내기 전인 논에선 쿰쿰한 냄새가 피어올랐다. 작은 날벌레들은 어지간히도 어지럽게 날아다녔다.

대기업의 거리뷰 촬영용 차량도 들어가기를 포기한 좁은 길을 걸었다. 포장도로였지만 도로의 포장 상태는 엉망이었다. 한 걸음, 한 걸음을 내딛는 단순한 동작은 더없이 신성했다. 다리가 없거나 사용하기 어려운 상황이라면 타인의 도움을 받는다 해도 결코 쉽지 않을 여정이었다.

멀리 유모차에 몸을 의지해 느린 걸음을 걷는 노인 한 명이 보였다. 언젠가 문득 정신을 차려 보면 그녀 역시 느리게 걷는 노인이 되어 있을 테다. 선애는 자리에 멈춰 초면인 노인의 모습을 눈에 담았다. 나에게도 노인이 될 수 있는 특권이 남아 있을까. 노년의 미래가 쉬이 그려지지 않았다. 그때까지 멀끔히 숨을 쉬며 살아남는 건 어쩐지 자신의 영역이 아니지 싶었다. 그건 씻지 못할 고통을 트라우마로 떠안은 민서, 민준이에 대한 엄연한 반칙이었다.

시골이라고 해서 모든 길이 꽃나무가 흐드러진 호젓한 산책길은 아니었다. 어디선가 날아드는 탄내를 맡으며 선애는 계속 걸음을 옮겼다. 기대했던 꽃놀이는 아니었지만 그럼에도 마음만은 꽃대궐을 차린 동네에 접어든 듯 편안했다. 가만히 눈을 감고 다시 한 걸음을 내디뎠다. 한 생명 안에 내재된 끝없는 우주에선 별보다 많은 꽃비가 미세먼지처럼 쏟아져 내렸다.

그녀는 걸음을 멈추지 않았다. 이윽고 몸에 열이 올랐다. 이마에서, 등에서, 겨드랑이에서 시큼한 땀이 축축하게 솟아올랐다. 숨이 차올랐고, 호흡이 가빠졌다.

그리고 현실에 맞닿았다. 꿈인 듯 기억 속 깊은 곳에 뿌리박혀 있던 장면은 기어이 현실이었다. 꽝꽝 언 흙에 호미질을 하던 여자는 숨을 내쉰 듯 부풀어 오른 흙에도 여전히 호미질을 하고 있었다. 땅을 고르는 것도, 잡초를 캐내는 것도 아닌데 도대체 무얼 하고 있는 건지 궁금했다.

흐릿한 공기 너머로는 잿빛의 야산이 보였다. 헐벗은 대지였다. 그 사이로 주변 나무들과 개화 시기를 맞추지 못한 진달래나무 하나가 보였다. 비바람을 뚫고 피어난 진분홍 꽃잎들은 여리면서도 단단했다. 선애가 손을 들어 눈가를 쓸었다. 따가웠다. 거센 모래바람이 불어와 머리고 옷이고 모두가 난리통이었다.

알은체를 하기는 오늘도 실패였다. 걸음을 돌렸다. 잘 있으니 된 것이었다. 살아 있으면 어떻게든 살게 될 테니, 오늘은 그걸로 된 것이라 위안을 삼았다.

　다음 주도 선애는 경기도의 시골 정류장에 홀로 찾아갔다. 그 다음 주도, 또 그 다음 주도 어김없이 같은 길에 발 도장을 찍었다. 이제는 하나의 루틴이었다. 비가 온 주에도, 황사가 한반도를 덮친 주에도 주말이면 어김없이 모터가 달달거리는 버스를 타고 이름 없는 밭을 향해 한 걸음씩 걸어갔다. 바라는 건 아무 것도 없었다. 그저 고개 한번 들지 않는 이가 오늘도 안녕하기를, 입을 꾹 다물고 간절한 마음으로 안부를 물었다.
　이제는 이름도 생각나지 않는 사회복지사가 했던 말은 생각보다 더 큰 각인으로 남았다. 책임지지 못할 거면 희망도 주지 말라는 말은 바로 보나 모로 보나 공감할 수밖에 없는 말이었다. 집에 방 하나가 남아도 선애가 연아를 데려갈 수 없는 이유였다. 단순히 경제적 어려움 때문이 아니었다. 발달장애인 한 명을 평생 책임지는 건 비장애인 아동을 성인으로 키워내는 행위와는 시작부터 끝맺음까지 모두가 차원이 다른 일이었다. 지원도, 도움도, 모든 것이 턱없이 부족했다. 연아와 한집에 사는 건 감히 생각조차 할 수 없는 멀고 먼 평행 우주의 이야기였다.

착한 사람이어서가 아니었다. 측은지심도 아니었다. 선애는 자신이 왜 연아의 인생에 신경을 쓰는지 스스로를 이해할 수 없었다. 전 직장 동료의 삶에 이렇게까지 관심을 갖는 건 스토킹이었다. 그러네. 생각해 보니 스토킹이네. 그녀는 사이비 종교 전도, 아동학대에 이어 지금 또 하나의 범죄를 저지르고 있는 중이었다. 이번 생과 작별한 이후 불지옥에 가고 싶진 않았다. 태어나고 소멸하는 과정은 존재론적 의미를 갖지 않는 그저 자연적 현상이길 바랐다. 지금 선 자리에서 영원히 소멸해 버렸으면 하는 욕구가 강렬하게 차올랐다. 모든 게 부질없었다. 선애는 아랫입술을 꽉 깨물고 가만히 눈을 감았다.

그리고 다음 주, 같은 버스 기사가 모는 같은 버스를 다시 타고 같은 시간, 같은 정류장에서 선애는 벨을 눌렀다. 이제는 버스 기사와 눈인사도 나누는 사이가 되었다. 어느덧 모내기가 한창인 푸른 논을 마주하는 순간 무언가 단단히 잘못되었다는 사실을 인지했지만 걸음을 멈출 수는 없었다. 생각하고 하는 행동이 아니었다. 정신을 차려 보면 어느덧 익숙한 밭, 익숙한 사람 앞이었다.

그녀가 고개를 들어 주기를 바라는 건 아니었다. 알은체를 하고 반갑게 인사를 나누고 싶은 건 더더욱 아니었다. 30미터도 넘는 먼발치에서, 선애는 가만히 자리에 선 채 오늘도 그녀의 안부만을 확인했다. 왜 다른 밭으로 옮겨 가지 않고 항상 그 밭에서만 일을 하는지 궁금했지만 궁금해하지 않기로 했다. 그런 건 하나도 중요하지 않았다. 그저 밭에 나와 있는 그녀를 자신의 눈으로 확인만 할 수 있으면 그만이었다.

선애가 바라는 건 오로지 그 하나였다.

사실 선애보다 더 먼발치에는 그녀들을 지켜보고 있는 한 여자가 있었다. 철 지난 누비옷을 입은 여자는 눈을 깊이 가려 쓰는 중간 길이의 챙이 난 어머니 모자를 쓰고 남의 논두렁 비탈길에 앉아 있었다.

평소에는 남편을 따라다니며 거름도 뿌리고 작물 심는 법도 배우는 연아는 토요일 오후만 되면 담벼락 뒤 작은 텃밭에 앉아 땅을 골랐다. 한 걸음도 옮기지 않고 자폐가 있는 사람처럼 같은 자리의 땅만 무한히 골랐다. 구순도 넘어 보이는 시어머니가 점심을 먹으라며 살살 달래도, 비가 온다고 남편이 걱정을 한 아름 쏟아 부어도 요지부동이었다. 그렇게 한참 동안 땅을 고르고 또 고르다 저 멀리 익숙한 사람의 실루엣이 나타나면 얼른 고개를 숙였다. 눈을 마주치면 다시는 만나지 못하기라도 하는 것처럼 상대의 시선을 피하고 얼었던 땅을, 녹아버린 땅을, 빗물이 고인 땅을, 지렁이가 나오는 땅을 파내고 덮고 파내고 다시 덮었다.

그리고 찾아온 이가 자리를 뜨면 고개를 들었다. 이후엔 그림자도 보이지 않을 때까지 한참을 더 자리에 앉아 있었다. 그 와중에 길을 떠나는 이가 뒤를 돌아보는 일은 한 번도 일어나지 않았는데, 연아가 그런 상대에게서 시선을 떼는 일 역시 한 번도 발생하지 않았다.

그녀들의 진짜 관계가 궁금했다. 하지만 그녀는 물을 자격이 없는 사람이었다. 연아가 집에 들어갈 때까지 흙바닥에 몸을 웅크리고 앉아 있던 여자는 해가 넘어갈 즈음 시내로 향하는 마지막 버스에 몸을 실었다. 이제 곧 밤이었다. 텅 빈 학원을 청소할 시간이었다.

장애인. 여성. 고아.

이 작품은 실화에 기반을 두고 출발했습니다. 굵직한 설정은 실제와 다르지만 그럼에도 한 사람의 인생을 관찰한 10여 년의 세월이 고스란히 녹아있습니다.

박창수. 1994년생. 다운증후군이 있는 창수를 처음 만난 건 대학생 때였습니다. 자원봉사에서 만난 창수는 처음 본 이에게 낯을 가리는 평범한 고등학생이었어요. 하지만 보통 시설에서 자란 지적장애 아이들이 그러하듯 창수 역시 새 자원봉사자의 관심을 받고 싶어 했고, 시간이 지날수록 제 곁을 향해 조금씩 가까이 다가왔습니다. 그때는 눈치 채지 못했었는데요. 지금 생각해 보면 창수는 자신의 손을 놓지 않을 단 한 명을 간절히 찾고 있던 것일지도 모르겠습니다.

성인이 된 창수는 현재 그룹홈이라는 주거 공간에서 발달장애가 있는 다른 거주인들과 함께 살고 있습니다. 많은 분들의 도움으로 성인 발달장애인 특화 보호 작업장에 취업을 했고, 수년째 성실하게 근무도 해 오고 있습니다. 그리고 이러한 창수의 이야기는 이 소설을 집필하게 된 계기가 되었습니다. 어린 시절 부모에게 버림받은 장애 아동이 따뜻한 사회복지사 선생님들을 만나지 못했다면, 직장을 구하지 못했다면, 거주할 마땅한 공간을 구하지 못했다면 어른이 된 이후엔 어디에서 무얼 하며 살고 있었을까요.

개인에 대한 안도와 연민은 자연스레 시스템에 대한 걱정으로 확장되었습니다. 우리나라에는 26만여 명의 발달장애인들이 살고 있습니다. 학창 시절엔 특수학교에 다니며 미래를 준비하던 아이들이 성인이 된 이후 대부분 사회에서 자취를 감추어 버립니다. 다들 어디로 가 버린 것일까요. 분명 나이가 들어 어른이 되었을 텐데, 20대, 30대, 40대, 50대가 된 지금 성인 발달장애인들은 어디에서 무얼 하고 있는 것일까요.

의사소통이 가능한 발달장애인들의 일자리에 대해서 이야기를 꺼내고 싶었던 이유입니다. 장애를 갖고 싶어 장애인이 된 사람은 단언컨대 없겠죠. 보다 활발한 논의와 합의를 통해 정부와 사회가 장애인들의 삶의 무게를 함께 나누는 미래가 찾아오기를 희망합니다.

　다소 낯설 연아의 이야기를 끝까지 읽어 주셔서 진심으로
고맙습니다. 더 많은 이야기들을 함께 나눌 수 있는 내일을 기
다려 봅니다.

2023년 초겨울

이인애

• 이인애 작가와 창수 씨의 이야기가 담긴 에세이 「창수야, 언니가」는 넥서스 공식
　네이버 카페에서 무료로 읽어 보실 수 있습니다.